Gudrun Rogge-Wiest

Teamgeist

Gegenwart

Für

meine Nichte Mara

Ähnlichkeiten mit lebenden Personen sind
rein zufällig und nicht beabsichtigt.

Bibliografische Information der Deutschen Nationalbibliothek:
Die Deutsche Nationalbibliothek verzeichnet diese Publikation
in der Deutschen Nationalbibliografie; detaillierte bibliografi-
sche Daten sind im Internet über dnb.dnb.de abrufbar.
© 2024 Gudrun Rogge-Wiest
Verlag: BoD • Books on Demand GmbH, In de Tarpen 42,
22848 Norderstedt
Druck: Libri Plureos GmbH, Friedensallee 273, 22763
Hamburg
ISBN: 978-3-7597-7798-0

Was es ist

Es ist Unsinn
sagt die Vernunft
Es ist was es ist
sagt die Liebe

Es ist Unglück
sagt die Berechnung
Es ist nichts als Schmerz
sagt die Angst

Es ist aussichtslos
sagt die Einsicht
Es ist was es ist
sagt die Liebe

Es ist lächerlich
sagt der Stolz
Es ist leichtsinnig
sagt die Vorsicht

Es ist unmöglich
sagt die Erfahrung
Es ist was es ist
sagt die Liebe

Erich Fried, (1921 – 1988), in *Deutsche Gedichte*.
Eine Anthologie. Reclam, 1984,2000

Inhaltsverzeichnis

Viertes Kapitel 75

Fünftes Kapitel 97

Erstes Kapitel

September 1999

Das Dessert

Teresa Rinaldi steht in der WG-Küche und schlägt Eigelb und Puderzucker für ein Tiramisu schaumig. Wie sie es sich gewünscht hatte, ist sie um diese Zeit tatsächlich allein. Sie ist innerlich angespannt, denn das Tiramisu muss perfekt werden und wie immer, wenn sie perfekt sein will, hat sie Angst, dass etwas schief geht. Dass die Creme nicht richtig wird, zum Beispiel. Das wäre eine Katastrophe, denn morgen Abend findet die Party anlässlich der Verlängerung ihres Sonderforschungsbereichs statt. Ihr Chef, Professor Dr. Feldmann, hat auch die beteiligten Kolleginnen und Kollegen aus den anderen Fakultäten dazu eingeladen. Die Mitarbeiterinnen und Mitarbeiter seines Lehrstuhls tragen die Desserts zum Buffet bei. Sie hatte sich für ein Tiramisu entschieden.

Vorsichtig rührt sie die Mascarpone ein und hebt dann den Eischnee unter. Die Creme sieht gut aus. Jetzt alles in die große, rechteckige Auflaufform schichten: den Boden mit Löffelbiskuits bedecken, Creme darauf verteilen, danach eine zweite Lage Biskuits und abschließend noch einmal Creme. Sie bestreut sie so lange mit Kakaopulver bis kein Weiß mehr zu sehen ist.

Nach einem letzten prüfenden Blick auf ihr Werk stellt sie das Tiramisu erleichtert in den Kühlschrank auf die zuvor von ihr leergeräumte oberste Glasplatte. Sie schreibt noch einen Zettel, den sie gut sichtbar an die Auflaufform klebt, damit ihre Mitbewohner nicht auf den Gedanken kommen, das Dessert sei für sie.

Dann geht sie auf ihr Zimmer. Im Halbdunkel durchquert sie den Raum zum Fenster. Die Wohnung liegt im vierten Stock eines Gründerzeithauses nördlich vom Stadtzentrum, hoch genug, um über den Dächern der gegenüber liegenden Hausreihe den Himmel sehen zu können. Gerade glüht er in verschiedenen Rottönen, die letzten Strahlen der untergehenden Sonne. Sie bleibt eine Weile andächtig stehen, bevor sie sich abwendet, um das Licht im Raum einzuschalten.

Das Zimmer mit seiner hohen Decke wirkt geräumig, vielleicht auch, weil es sparsam eingerichtet ist: ein Kleiderschrank, ein Schreibtisch mit Stuhl, an der gegenüber liegenden Wand ein Bücherregal und das Bett. Teresa war es recht gewesen, dass es teilmöbliert war, da sie kaum Ersparnisse hatte. Das Bett und der Schrank aus glänzendem, rötlich-braunen Holz gehören ebenso wie das Haus in eine andere Zeit, das späte 19. Jahrhundert. Das hellere Holz ihres großen Schreibtischs und ihres Regals, beide preisgünstig in der Filiale einer schwedischen Möbelkette erworben, bilden einen interessanten Kontrast. Um den Raum von dem orangenen Leuchten des nächtlichen Stadthimmels, der nie richtig dunkel wird, abzuschirmen, hängte sie weinrote Vorhänge aus einem blickdichten Material auf.

Vom Lichtschalter bei der Tür hat sie sich zum Spiegel neben dem Kleiderschrank gedreht. Sie ist schlank und wohl proportioniert. Ihre Gesichtszüge sind zart aber markant. Während sie sich so forschend anschaut, kräuselt sich ihre Stirn und zwischen ihren

Brauen erscheinen Denkfältchen. Mit ihrer Brille und den zu einem Pferdeschwanz zusammengebundenen Haaren sähe sie seiner ehemaligen Mathematiklehrerin ähnlich, sagt Alastair. Diese sei sehr streng gewesen. Amüsiert nimmt Teresa ihre Brille ab und zieht das Zopfgummi heraus. Wie immer ist sie erstaunt über den Unterschied. Erst jetzt kommen ihre mandelförmigen grün-braunen Augen im Kontrast zu ihrer hellen Haut richtig zur Geltung. Dazu das Dunkelbraun ihrer schulterlangen, gewellten Haare. Sie sollte sie öfter offen tragen. Es stört sie jedoch, wenn ihr während der Arbeit ständig die Strähnen ins Gesicht fallen. Aber sie könnte sich Kontaktlinsen machen lassen. Bisher scheute sie die Ausgabe und den Aufwand.

Seit Sabrina am Lehrstuhl ist, ist sie sich ihres Aussehens stärker bewusst. Gegen die Ausstrahlung der neuen Kollegin kommt sie nicht an. Diese setzt sich in Szene als ob es das natürlichste auf der Welt wäre. Kann man es lernen, so aus sich herauszugehen? Wahrscheinlich müsste man schon als sehr junger Mensch damit anfangen. Und wäre sie dann noch sie selbst? Teresa reckt ihr Kinn ein bisschen nach vorne. Nun sieht sie so energisch aus, dass sie über sich lachen muss.

An die Arbeit, kommandiert sie sich. Sie geht zum Schreibtisch, knipst die Tischlampe an und nimmt ihr Skript für das Proseminar, das sie morgen Vormittag hält, aus ihrer Tasche, um den Unterrichtsplan noch einmal zu durchdenken.

Ängste

Eingehüllt in warmes Wasser treibt sie in Rückenlage am Meeresufer, sanft gewiegt von den Wellen. Auf einmal wird sie von einer Welle ergriffen, die ihren Körper hart auf den nassen Sand schleudert. Noch eine gewaltige Welle, die sie überspült und mitreißt bis sie am Strand liegen bleibt, während sich das Meer zischend und fauchend zu einem neuen Anlauf zurückzieht. Wie sie nun so daliegt, nur noch von Wassertröpfchen bedeckt, streicht eine kühle Brise über ihre Haut. Sie fröstelt und öffnet die Augen, überrascht, dass sie in ihrem Bett ist. Die Decke liegt quer und hängt mit der unteren Hälfte über die Bettkante hinunter. Teresa dreht sich zur Seite, ergreift sie mit einer Hand und wirft sie wieder über ihre Beine. So ist es schon viel besser. Aber es war nicht nur die Kälte. Ein Gefühl der Angst ist in ihr zurückgeblieben. Wovor? Sie hat geträumt. Vom Meer, das sie an den Strand geschleudert hat. Sie war erschrocken und vom Aufprall durchgeschüttelt. Aber die Angst gehörte zu einem anderen Traum, in dem Alastair vorkam. Er hatte sie zum Abschied geküsst. Nach ein paar Schritten drehte er sich noch einmal nach ihr um und winkte ihr lächelnd zu. Dabei sah sie in einiger Entfernung auf der anderen Straßenseite Sabrina auftauchen, lachend, wobei zwei Reihen perfekter weißer Zähne aufleuchteten. Die kleinen goldenen Ohrreifen blitzten zwischen ihren blonden Korkenzieherlocken, die gleich einer Mähne ihr ovales Gesicht umstanden. In der Abendsonne hatten sie eine orangene Tönung angenommen. Ihr schwarzer Blazer, den sie offen trug, hing bis zur Hüfte herab, und zwischen dem Bund der Hose aus dem gleichen glänzenden schwarzen Stoff und dem eng anliegenden weißen Top öffnete und schloss sich im Rhythmus ihres schwingenden Gangs ein Spalt, der ein schmales Band ihrer braunen Haut frei ließ. Mit jedem Schritt glitzerte ein Schmuckstein an ihrem Nabel auf.

Alastair und Sabrina, denkt sie, während sich ihr Herz schmerzhaft zusammenzieht. Aber es war nur ein Traum. Ein Albtraum. Trotzdem. Seit Sabrina vor einem halben Jahr eine der Promotionsstellen an Professor Feldmanns Lehrstuhl bekam, hat sich die Atmosphäre dort verändert, denn als die Frau, die sie ist, fordert sie die Männer heraus. Man hört nun schon von weitem am humorvollen Geplänkel und gelegentlichen lauten Gelächter in der Mitarbeiterküche, dass Sabrina da ist.

Wenn sie sich dagegen vor Sabrinas Zeit dort trafen oder in der Mensa zusammen zu Mittag aßen, hatte es kaum eine Rolle gespielt, dass sie eine Frau war. Sie fühlte sich im Kreis der Kollegen wohl, weil sie das Gefühl hatte, als Person respektiert zu werden. Besonders, wenn sie sich über fachliche Fragen austauschten, blühte sie auf. Aber es war auch interessant, über aktuelle gesellschaftliche und politische Themen zu diskutieren oder zu hören, was die anderen in ihrer Freizeit machten. Das schnelle Hin und Her der scherzhaften Bemerkungen in Sabrinas Anwesenheit jedoch überfordert sie, insbesondere wenn sie merkt, dass die Grenze zum Flirten dabei überschritten wird, was sie zutiefst beunruhigt. Alastair und sie sind nun länger als ein Jahr zusammen. Inzwischen wohnt sie an den Wochenenden und manchmal auch unter der Woche bei ihm in seiner schönen Zweizimmerwohnung. Nur wenn sie ihre Ruhe braucht, zieht sie sich in ihr WG-Zimmer zurück.

Im Team ist es allen bekannt, dass sie ein Paar sind, obwohl es nicht gleich auffällt, denn auf ihren eigenen Wunsch halten sie sich mit Liebkosungen während der Arbeitszeit zurück. Für sie war ihre Liebe etwas Privates, ein starkes Band zwischen ihren Seelen, so wie in dem Gedicht von John Donne beschrieben, das Alastair für sie auf eine besondere Karte gedruckt hatte:

> *Our two souls therefore, which are one,*
> *though I must go, endure not yet*
> *a breach, but an expansion,*
> *like gold to airy thinness beat.*

Wie schön das ist! Mit Sabrina jedoch ist sie sich nicht mehr so sicher. Liebst du mich denn? würde sie ihn manchmal gerne fragen. Aber wie wertvoll sind die Worte *Ich liebe dich?* Wenn sie zu oft gebraucht werden, geht ihr Zauber verloren.

Außerdem weiß sie, dass sie Alastair nicht vollkommen für sich beanspruchen darf, weil es ihm Freude macht, neue Bekanntschaften zu schließen und einen Einblick in ihr Leben zu bekommen. Es ist als sammle er Lebensgeschichten. Sie dagegen empfindet immer ein anfängliches Widerstreben, wenn jemand Neues in ihren kleinen vertrauten Kreis tritt. Mit Fatima, der zweiten Doktorandin, mit der sie sich ein Büro teilt, und mit Frau Lohr, der Sekretärin, versteht sie sich besonders gut. Mit ihnen tauscht sie sich auch gerne über Privates aus.

Sie seufzt traurig und erlaubt es sich, sich noch einmal bewusst unter ihre Decke zu kuscheln, bis sie eine innere Unruhe verspürt. Sie will nicht zu spät an die Uni kommen. Wegen des Tiramisus muss sie mit der Straßenbahn fahren, was ein bisschen länger dauert als mit dem Fahrrad wie sonst. Entschlossen setzt sie sich auf, schlägt ihre Decke zurück und schwingt ihre Beine aus dem Bett.

Kaffeepause

Es ist kurz vor halb elf. Professor Dr. Jakub Feldmann schließt sein Büro ab und geht mit seiner Aktentasche in der Hand durch den Gang in Richtung Treppenhaus. Aus dem Arbeitszimmer der Postdocs Rahul Sabharwal und Alastair Collins erreichen ihn lebhafte Stimmen. Eine Frau lacht hell auf. Sabrina Kühnel. Er schaut durch die offene Tür hinein, um kurz ein paar freundliche Worte zu sagen. Sabrina hat sich in Ermangelung eines dritten Stuhls auf den langen Schreibtisch am Fenster zwischen die beiden Männer gesetzt. Sie stützt sich mit den Händen auf der Tischplatte ab, während ihre mit einer schwarzen Nylonstrumpfhose bekleideten Beine lässig vor- und zurückbaumeln. Ihr enger schwarzer Rock reicht bis zur Mitte der Oberschenkel. Als sie ihn sieht, wird sie ernst und grüßt höflich. Die beiden jungen Männer haben sich ihm ebenfalls zugewandt: Rahul, mit seinem braunen, ebenmäßigen Gesicht und kurzen, schwarzen Haaren und Alastair, das rötlich blonde Haar ebenfalls kurz. Ein Dreitagebart in einem etwas dunkleren Farbton steht borstig auf Kinn und Wangen seines breiten, hellen Gesichts.

»Eigentlich wollte ich Teresa kurz sprechen«, sagt er. »Aber sie hält gerade ihr Proseminar, nicht wahr? Dann eben nach der Mittagspause. Ich habe um 11 Uhr eine Sitzung und vorher noch eine kurze Besprechung.«

Als er sich abgewendet hat und seine Schritte verklingen, sagt Sabrina förmlich:

»Danke für deine Unterstützung, Alastair. Darf ich dich auf einen Kaffee einladen?«

»Okay«, sagt dieser lässig. »Ich kann auch eine Pause brauchen.«

»Lass uns in die Cafeteria gehen«, schlägt Sabrina vor. »Dort schmeckt der Kaffee besser, und sie haben auch Croissants. Ich hatte noch kein Frühstück.«

Mit seiner Zusage ist Alastair einem Impuls gefolgt, den er nun schon fast wieder verwünscht. Ihm ist bewusst, dass Teresa nicht so erfreut darüber wäre. Trotzdem. Er möchte gerne mehr über diese Frau erfahren. Bisher war nie die Zeit oder die Gelegenheit dafür. Vorhin hatte sie ihn um einen Rat gefragt. Daraus ergab sich ein Fachgespräch. So sollte es doch in einem Forschungsteam sein. Und es ist auch nichts dabei, wenn er jetzt mit dieser Kollegin eine Kaffeepause macht.

Die Cafeteria befindet sich im Erdgeschoss auf der gegenüberliegenden Seite des Innenhofs. Während sie hinüber gehen, fragt er sie noch ein paar Details zu ihrer Doktorarbeit. Dann drückt er die Eingangstür auf und lässt ihr galant den Vortritt.

Um diese Zeit sitzen nur einzelne Studenten an den Tischen vor ihren Unterlagen oder Laptops. Da an der Theke sonst niemand wartet, kommen Sabrina und er schnell voran. Sie setzen sich an einen Zweiertisch an die Fensterfront: Sabrina mit einem Croissant und einer Tasse Kaffee und Alastair, der nicht hungrig ist, mit einer Tasse Kaffee.

»Vermisst du England?« fragt Sabrina unvermittelt.

»Nein, nicht wirklich«, antwortet Alastair kurz angebunden. »Das einzige was mir fehlt, sind die kurzen Wege zum Meer.«

Warum ist er auf einmal so abweisend? wundert sich Sabrina. Tut es ihm schon leid, dass er der gemeinsamen Kaffeepause zugestimmt hat? Da sie gerne mehr erfahren möchte, hakt sie nach.

»Wo bist du aufgewachsen?« fragt sie, bevor sie in ihr Croissant beißt.

Obwohl Alastair nicht so gerne über seine Familie spricht, nimmt er sich zusammen und antwortet ausführlich:

»In Richmond gleich westlich von London, in einem schönen Einfamilienhaus, einer viktorianischen Villa. Sie gehörte meinem Großvater, der Miteigentümer einer kleinen Werft war. Aber mein Vater hatte kein Interesse, in die Firma einzusteigen. Er arbeitet im Management einer Bank, und meine Mutter ist Rechtsanwältin. Sie spielt auch sehr gut Klavier. Von ihr habe ich meine Liebe zur Musik«, sagt er versonnen. Damit sie nicht denkt, er sei sentimental, fügt er nüchtern hinzu:

»Natürlich ging ich auf eine Privatschule. Und du?«

»Ich war an einem Gymnasium in München«, erzählt Sabrina. Meine Eltern sind Ärzte. Mein Vater ist Chirurg und meine Mutter Neurologin. Beide sind Koryphäen auf ihrem Gebiet. Sie wollten, dass ich auch Medizin studiere. Aber ich habe den Numerus Clausus nicht erreicht.«

Nach ihrem Lächeln zu schließen ist sie nicht besonders traurig darüber.

Alastair fragt nach: »Numerus Clausus?«

»Das ist der Notendurchschnitt im Abitur, den man braucht, um einen Medizinstudienplatz zu bekommen«, erklärt Sabrina.

»Aha«, meint Alastair.

»Aber es war nicht nur der NC«, fährt Sabrina fort. »Ich wollte einfach etwas Anderes studieren. Weißt du, wir sind eine Medizinerfamilie. Bei uns zu Hause ging es immer nur um die Klinik. Meine Eltern haben viel gearbeitet. Mein Bruder und ich – wir sind oft bei den Großeltern gewesen. Mein Bruder hat dann auch

Medizin studiert. Inzwischen macht er seine Facharztausbildung. Ich wollte nach dem Abi einfach nur
weg von zu Hause und raus aus München.

Und warum bist du nicht in England geblieben?
Mir hat es dort sehr gut gefallen. Während meines
Auslandsjahrs war ich an der Uni Liverpool.«

Angesichts von Sabrinas Offenheit ist Alastairs
Widerstreben dahingeschmolzen. Er hat sich auf das
Thema eingestimmt und erzählt bereitwillig:

»Mir ging es ähnlich wie dir. Ich wollte weg von
zu Hause. Ein anderes Land kennen lernen. Eine andere Kultur. Vor meinem Studium habe ich mich
nicht für Politik interessiert. Wir waren wohlhabend.
Ich hatte alles, was man sich nur wünschen konnte.
Erst in Cambridge kam ich mit kritisch denkenden
Menschen in Kontakt. Es waren die letzten Jahre der
Regierungszeit von Margaret Thatcher, der Streit um
die *poll tax*. Da begriff ich erst, wie sehr ihre Politik
das Land verändert hatte und was das für viele Arbeiter bedeutete. Die Verarmung der Industriegebiete
in den Midlands und vor allem im Norden. Nun stritt
ich mit meinem Vater, wenn ich zu Hause war. Mit
der Zeit merkte ich aber, dass es keinen Sinn hatte.
Meine Eltern, der ganze Lebensstil, waren mir fremd
geworden. Deshalb bewarb ich mich auch auf Postdocstellen im Ausland. — Warum hast du denn ausgerechnet in Liverpool studiert?« .

»Es hat mich gereizt. Zugegeben, ich wollte meine
Eltern ein bisschen damit schockieren. Dass ihre
Tochter dort ihr Auslandsjahr verbringt, war nicht
standesgemäß.«

Sie lacht vergnügt.

»Sie dachten gleich an Armut, Verbrechen und Hooligans. Das war alles halb so wild. An der Uni habe ich mich wohlgefühlt, und die Stadt war besser als ihr Ruf. So eine Hafenstadt ist spannend. Das Tor zur großen weiten Welt.«

Alastair hat mit glänzenden Augen zugehört. Auch Sabrina scheint die Anziehungskraft des Meeres, die Sehnsucht nach weiten Horizonten zu verspüren.

»Außerdem ist sie die Stadt der Beatles«, fährt Sabrina fort.

»Die Beatles? fällt Alastair begeistert ein. »Du magst ihre Musik?«

»Ja«, sagt Sabrina, hingerissen. »Die Songs sind echte Klassiker. Ich habe eine ganze Schallplattensammlung. Ich mag die Texte und den Sound. Sie strahlen den Zeitgeist der 60er und 70er aus. Das waren wirklich wilde Jahre. — Inzwischen höre ich am liebsten R & B: Mariah Carey, Alicia Keys, Rihanna, Beyoncé.

»Machst du selbst auch Musik?« erkundigt sich Alastair.

»Ja«, erzählt Sabrina. »Ich spiele Gitarre, habe es jedoch nicht sonderlich weit damit gebracht. Aber ich bin stolz auf meine Stimme. Ich hatte Gesangsunterricht und bin sogar mit einer Band aufgetreten. Unsere Konzerte waren in der Umgebung von München beliebt. Und du? Spielst du ein Instrument? Du sagtest, dass deine Mutter dich inspiriert hat.«

Alastair antwortet nicht sofort. Er scheint in Gedanken zu sein. Dann sagt er versonnen:

»Ich hatte natürlich Klavierunterricht, aber mein liebstes Instrument ist die Gitarre. Eine Zeitlang habe ich viel Blues gespielt. Kennst du Jimi Hendrix? Er ist grandios. Von seiner Kunst bin ich natürlich Lichtjahre entfernt. Ich will wieder versuchen, jeden Tag ein bisschen zu üben. Das ist auch entspannend. Eine ganz andere Welt.«

Er schaut aus dem Fenster auf den Innenhof.

»Ach, ist das nicht Fatima?« fragt er plötzlich. Er nickt mit dem Kopf in Richtung der Eingangstür auf der anderen Seite des Innenhofs, die gerade von einer schlanken, mittelgroßen Frau in einem hellen knielangen Mantel geöffnet wird. Ihr dunkles, glattes Haar hängt bis zu den Schulterblättern herab.

»Ja«, erwidert Sabrina. »Sie ist gerade hier vorbeigegangen.«

Sabrina wirft einen Blick in Alastairs Kaffeetasse. Sie ist leer.

»Sollen wir?« fragt sie ihn, der unruhig geworden ist. »Es wird bald Mittag sein.«

»In Ordnung«, erwidert dieser während er schon seinen Stuhl zurückschiebt und aufsteht.

Wortkarg gehen sie über den Innenhof zu ihrem Kollegiengebäude zurück.

Es dauert immer eine Weile, bis alle ihre Studentinnen und Studenten den Raum verlassen haben. Eine Studentin stellt noch eine Frage, die Referentin bittet um ein erstes Feedback, und ein besonders motivierter Student bittet sie, ihm weiterführende Literatur zu empfehlen. So ist es schließlich kurz vor zwölf, als Teresa sich auf den Weg zurück zu ihrem Büro macht. Um halb eins ist sie mit ihren Kolleginnen und Kollegen zum gemeinsamen Mittagessen in der Mensa verabredet. Sie hat also noch Zeit. Während sie durch die vertrauten Hallen und Gänge schreitet, ziehen Momente aus dem Seminar vor ihrem inneren Auge vorbei: Ausschnitte aus dem Referat und einzelne Szenen und Gesprächsfetzen, die sich ihr aus irgendeinem Grund eingeprägt hatten.

Auf dem Korridor ihres Lehrstuhls angekommen, klopft sie an die Tür des Sekretariats. Frau Lohr richtet ihr aus, dass Professor Feldmann am frühen Nachmittag mit ihr sprechen möchte. Also wird sie darauf achten müssen, rechtzeitig aus der Mensa zurück zu sein.

Ihr Arbeitszimmer ist abgeschlossen. Fatima ist wohl noch nicht da. Sie lässt die Tür offen stehen, stellt ihre Tasche ab und setzt sich vor ihren Schreibtisch. Das Gespräch mit Herrn Feldmann. Sie wird es nicht vergessen, aber sie macht sich trotzdem eine Notiz in ihrem Terminkalender. Sicher etwas Organisatorisches, denkt sie. Er ist ein guter Chef. Sie mag ihn, ja, verehrt ihn ein bisschen. Seine Mitarbeiter sind ihm auch als Menschen wichtig. Er fühlt sich dafür verantwortlich, für ein Umfeld zu sorgen, in dem sie ihre Talente und Fähigkeiten entwickeln und das Beste daraus machen können.

Sie denkt an ihre erste Zeit als Doktorandin am Lehrstuhl. Ihre ewige Unsicherheit, die sie umso mehr plagte, weil sie ihre Aufgaben so ernst nahm, weil sie alles gut und richtig machen wollte. Frau Lohr war damals eine wichtige Anlaufstelle. Im Gespräch mit ihr, das sehr bald eine persönlichere Richtung nahm, spürte sie, wie die innere Anspannung von ihr abfiel. Nie würde sie vergessen, wie viel ihr das bedeutete.

Aber sie hatte es auch Herrn Feldmann zu verdanken, dass sie sich schnell einlebte und Fuß fasste. Er war ein bisschen wie ein Vater. Und doch wieder nicht. Distanzierter und trotzdem jederzeit ansprechbar. Wenn sie das Gefühl hatte, mit ihrer Arbeit in einer Sackgasse zu sein, erhielt sie von ihm wichtige Anregungen und fasste neuen Mut. In seinen Graduiertenseminaren konnte sie an seinem reichen Wissensschatz teilhaben. Nach jeder Sitzung hatte sie das Gefühl, dass sie etwas gelernt hatte, dass sich ihr ein bisher unbekannter Aspekt eröffnete oder ein Thema aus einem interessanten, neuen Blickwinkel beleuchtet wurde. Jetzt kann sie es ja vor sich selbst zugeben. Damals war sie fast ein bisschen verliebt in ihn. War sie es? Sie fühlte sich verstanden. Er hatte einen ähnlichen Hintergrund wie sie: kleinbürgerlich, katholisch, konservativ. Jedenfalls hätte sie gerne einen solchen Vater gehabt, einen Vater der so viel Güte ausstrahlt. Ihr eigener Vater war sehr streng gewesen. Egal ob es ihr Verhalten zu Hause oder ihre Leistungen in der Schule waren. Es war nie wirklich gut genug. Sie erinnerte sich an ihre quälenden Selbstzweifel. Erst hier an Professor Feldmanns Lehrstuhl konnte sie allmählich mehr Zutrauen zu sich selbst fassen.

Und dann lernte sie Alastair kennen. Er hatte wie sie eine Postdocstelle in dem damals neuen Sonderforschungsbereich bekommen. Sie lächelt vor sich hin, ist tief in Gedanken versunken, als Stimmen, die allmählich lauter werden, an ihr Ohr dringen. Ihre Kollegen. Da kommt Fatima mit einem fröhlichen *Hallo Teresa* herein, während Alastair im Türrahmen stehen bleibt.

»Bereit für die Mensa, Resa?« fragt er.

Sie lächelt ihn an und sagt:

»In einer Sekunde«, bevor sie sich zu ihrer Tasche hinunterbeugt und nach ihrem Portemonnaie greift. Als sie zur Tür kommt, legt Alastair den Arm um ihre Schultern und küsst sie auf die Wange. Sie strahlt ihn an. Sabrina und Rahul warten vor dem Treppenhaus auf sie. Mit Fatima und Alastair an ihrer Seite schließt sie sich ihnen an.

Die Party

Professor Dr. Jakub Feldmann steht im Kreis seiner Kolleginnen und Kollegen in dem festlich dekorierten Seminarraum. Mit halbem Ohr verfolgt er ihr kluges Fachgespräch, während er sich im Raum umschaut.

Sein Team sitzt noch um das hintere Ende des langen Tisches beim Dessert: Alastair Collins, einer der Postdocs am Kopf, an einer Längsseite die Doktorandinnen Sabrina Kühnel und Fatima Özdil, die Postdocs Teresa Rinaldi und Rahul Sabharwal gegenüber und zwischen ihnen sein Assistent Maximilian Schneider.

Wie sie bei der Sache sind. Ganz in ihre Mousse au Chocolats und Tiramisus vertieft. Rahul steht auf und nimmt auch Maximilians Schüssel mit. Er holt Nachschlag für beide. Sie konzentrieren sich aufs Dessert wie auf ihre Forschung. Jakub lächelt amüsiert und ein bisschen väterlich. Nun hört er Alastairs Bariton vor dem Hintergrund des Stimmengewirrs, wie ein Soloinstrument über dem begleitenden Orchester. Von seinem zentralen Platz am Kopf des Tisches unterhält er die anderen, wie so oft. Alle lachen. Teresa und Sabrina, die beiden jungen Frauen an seiner Seite, schauen ihn bewundernd an.

Nur Maximilian, Sabrina und Teresa sind in Deutschland geboren. Letztere kommt allerdings aus einer italienischen Gastarbeiterfamilie. Alastair ist Engländer, Rahul hat Wurzeln in Indien und Fatima in der Türkei. Er selbst ist vor vier Jahren aus Polen eingewandert. Auch einige seiner Kollegen haben

Migrationshintergrund. Die halbe Welt in einem Raum. Er hat inzwischen viel über andere Kulturen gelernt.

»Papa!« — Seine siebenjährige Tochter Anna zupft ihn am Arm. Jakub zuckt ein bisschen zusammen. Er war in Gedanken, und das während einer Party.

»Wir gehen jetzt heim, Papa.«

Er schaut zu ihr hinunter, streckt ihr lächelnd seine Hand hin und führt sie behutsam zur offenen Tür, hinter der seine Frau Ela und ihr neunjähriger Sohn Leo auf ihn warten.

»Ich hoffe, es wird nicht so spät«, sagt er. »Als der große Boss muss ich natürlich bis zum Ende bleiben.«

Er lächelt Ela entschuldigend an.

»Ist schon gut«, sagt Ela. »Bis später.«

Jakub schaut ihnen nach, bis sie im Treppenhaus verschwunden sind. Dann dreht er sich um und lässt seinen Blick erneut schweifen. Ein gelungenes Fest. Alle haben dazu beigetragen. Der Raum ist nicht wiederzuerkennen. Geschmückt mit Girlanden und Luftballons, Blumensträuße auf den Tischen. Dann das Buffet. Salate, verschiedene Quiches, Beilagen, Desserts. Vieles davon selbst gemacht.

Er hat die am Sonderforschungsprojekt beteiligten Wissenschaftler eingeladen. Es ist eine gute Tradition, eine Verlängerung miteinander zu feiern, denn sie bedeutet schließlich die Anerkennung ihrer ausgezeichneten Arbeit. Außerdem sind Partys ja immer auch eine Gelegenheit sich besser kennen zu lernen.

Gerade ist jedoch eher eine Entmischung zu beobachten. Die Professoren bilden eine Gruppe für sich, ihre Mitarbeiter stehen ebenfalls in kleinen Gruppen zusammen: dort drüben die Sekretärinnen und beim Fenster einige Hiwis. Er zuckt die Achseln. Niemand verlässt gerne seine Komfortzone, denkt er und gibt sich einen Ruck. Zeit, mit meinem Team anzustoßen. Er bahnt sich einen Weg zum Buffet, gießt sich ein Glas Sekt ein und geht die wenigen Schritte durch den Raum auf das Ende des Tisches zu, an dem seine Mitarbeiter sitzen.

*

Nach einer Zeit des genießenden Schweigens, in der sie sich ihren Desserts widmeten, beginnen Professor Feldmanns Mitarbeiter ein neues Gespräch.

»Von wem kommt denn das Tiramisu? Von dir Ali?« fragt Maximilian.

»Nein, das ist Teresas«, sagt dieser stolz.

Maximilian wendet sich ihr zu und verkündet feierlich:

»Teresa, das ist das beste Tiramisu, das ich je gegessen habe.«

Teresa lacht. Dann sagt sie:

»Jetzt übertreibst du! Aber trotzdem danke. Ich freue mich, dass es dir schmeckt.«

Maximilian sinkt mit einem zufriedenen Stöhnen gegen die Stuhllehne und bemerkt:

»Jetzt waren wir richtig dekadent, wenigstens Rahul und ich.«

Rahul lehnt sich ebenfalls zurück, eine Hand auf seinem Magen, und stimmt ein:

»Ja, so fühle ich mich auch. Das war westliche Dekadenz pur«, ergänzt er mit einem Anflug von Ironie. »Dabei trifft das auf die Deutschen gar nicht zu, jedenfalls nicht auf die, die ich bisher kennen gelernt habe. Ihr arbeitet den ganzen Tag, oft bis in den Abend hinein. Und wenn ihr feiert, dann zivilisiert.«

Sabrina fällt halb scherzhaft ein:

»Ja. Langweilig ist das. Ihr seid alle furchtbar prüde.«

»Stimmt«, sagt Maximilian versonnen. »Drugs, Sex and Rock ´n Roll. Wie schön das wäre! Aber wir können uns keine Affären oder Orgien leisten. Wenn wir nicht arbeiten, machen wir Sport, um uns fit zu halten für die Arbeit. Wir kaufen ein, kochen was zu Abend, dann Essen mit Tagesschau, sonntags den *Tatort*.«

»In Cambridge kannte ich ein paar Studenten, die haben wild gelebt«, erzählt Alastair. »*Burned the candle at both ends*. Aber es ist schwer, dann rechtzeitig vor den Prüfungen die Kurve zu kriegen. Wenn nicht, ist es wahrscheinlich aus mit der Karriere. Ohne einen guten Job landest du schnell in prekären Verhältnissen. Und das ist auch kein schönes Leben: sich von Tag zu Tag durchschlagen zu müssen und nicht zu wissen, wovon man am Ende des Monats die Heizung und den Strom bezahlen oder sich Essen kaufen soll.«

»So krass muss es ja nicht gerade kommen«, wiegelt Sabrina ab. »Aber wir leben doch in einem freien Land. Das sollten wir mehr genießen und uns nicht so einsperren lassen. Als ich in England war, während meines Auslandsjahrs, kannte ich Leute, die haben sich mehr ausprobiert, auch in Bezug auf ihre Sexualität. Ob sie Männer lieben oder Frauen, manchmal beides. Man verstand sich gut im Freundeskreis, es gab keine festen Liebespärchen. Nach einem netten Abend war es eine Option, miteinander zu schlafen. Am nächsten Morgen war man wieder frei, seinen eigenen Weg zu gehen.«

»Wirklich? Sex ohne Liebe?« empört sich Teresa. »Das kann ich mir nicht vorstellen.«

»Muss es denn unbedingt die romantische, absolute Liebe sein? Vielleicht gibt es ja nicht den Einen und Einzigen, der zu dir gehört«, erklärt Sabrina. »Warum nicht statt dessen die Freie Liebe auf der Basis von Zuneigung zwischen guten Freunden?« fragt sie herausfordernd.

Sie hat dabei erst Teresa, dann wieder Alastair angeschaut. Letzterer senkt den Blick, aber nicht aus Verlegenheit, sondern weil ihm etwas aufgefallen ist. Er streckt seine Hand nach Sabrinas Unterarm aus, der locker neben ihrer leeren Dessertschüssel liegt und pickt mit Daumen und Zeigefinger ein langes blondes, lockiges Haar vom Ärmel ihres schwarzen Tops auf. Die Geste hat etwas ausgesprochen Zärtliches.

»Ein Haar«, sagt er, hebt es für alle sichtbar hoch und lässt es dann neben dem Tisch auf den Boden fallen. »Deines«, sagt er zu Sabrina.

»Danke«, erwidert diese mit ihrer samtigen Stimme und schaut Alastair dabei lächelnd an.

Teresa fällt es schwer, die in ihr aufsteigende Wut und Eifersucht zurückzuhalten. Da Alastair schon ungerührt weiterspricht, als ob nichts gewesen wäre, kann sie ihre Worte aber noch einmal überdenken:

»Ja«, hört sie Alastair sagen. »Frei zu sein ist vielen jungen Leuten in meinem Land sehr wichtig. Es kann sehr streng zugehen in der Schule, im Studium und in der Firma, aber in der Freizeit möchte man keine Regeln befolgen müssen. Jedenfalls besteht man auf dem Recht auf freie Wahl, im Pub und bei der Liebe.«

Er lächelt sarkastisch.

»Ich glaube nicht, dass die freie Liebe funktioniert«, fällt Teresa nun an Sabrina und Alastair gerichtet mit beherrschter Stimme ein. »Man verletzt sich nur gegenseitig.«

»Einige gehen da sicher auch zu weit«, sagt Alastair beruhigend. »Solche Exzesse sind nichts für mich, jedenfalls nicht mehr.«

In seinem Gesicht deutet sich ein Grinsen an, das irgendwo zwischen Selbstironie und Bedauern liegt.

»Aber«, fährt er fort, »ich denke manchmal daran, dass man in England nach der Arbeit noch in den Pub geht und zusammen ein Bier trinkt. Man redet, lacht und flirtet ein bisschen. Hier geht es viel ernster zu. Jedenfalls an unserer Fakultät. Aber das hat auch seine guten Seiten.«

Er schaut Teresa zärtlich an, wenn auch mit einem Hauch von Melancholie.

Nun greift Fatima ein, ihre Empörung mit einem humorvollen Unterton abmildernd:

»Das Flirten vermisst du? Hey, du bist doch mit Teresa zusammen. Das hast du nicht ernst gemeint, oder?«

In Sabrinas Stimme liegt nun eine gewisse Schärfe, als sie einwendet:

»Ist es nicht gerade gefährlich für die Beziehung, wenn der Mann keine anderen Frauen anschauen darf oder umgekehrt? Das Verbot macht es doch umso reizvoller, die Grenzen zu überschreiten und eine echte Affäre anzufangen.«

Maximilian greift begütigend ein:

»Wenn ich Alastair wäre, wäre ich im Paradies, nicht im Gefängnis.«

Daraufhin sagt Alastair beschwichtigend:

»Ich habe das nur so dahergesagt, weil ich an früher dachte. Alles hat seine Zeit.«

Dabei wendet er sich Teresa zu, legt seinen Arm um sie und gibt ihr einen zärtlichen Kuss auf die Lippen.

Die anderen lachen und klatschen zustimmend: »Huhuuuuu«, jauchzen sie.

Rahul kommentiert:

»Ja. So ist es gut. Ihr habt euch doch frei füreinander entschieden. In meiner Kultur bestimmen die Eltern oft noch mit, mal mehr, mal weniger, wer ein passender Partner ist. Die Schwiegersöhne und –töchter sollen aus der gleichen gesellschaftlichen Schicht kommen. Außerdem ist die Religion sehr wichtig. Auch die Kaste kann noch eine Rolle spielen. Und sich als homosexuell zu outen, ist ganz schwierig. Am besten man versteckt sich so gut wie möglich.«

Fatima ergänzt aus ihrer Perspektive:

»Ich habe auch Verwandte, die mit ihren Kindern in die Türkei gereist sind, um sie dort zu verheiraten, mit einem Partner, der noch nicht durch die westliche Kultur *verdorben* ist. Im Grunde wäre es meinen Eltern schon lieber, wenn ich einen Mann aus einer türkischen Familie heiraten würde, auch wegen der Verwandten. Mein Onkel ist sehr konservativ. Er sagt immer, ich soll keine Schande über die Familie bringen. Damit meint er, ich soll mich nicht mit Männern treffen, schon gar nicht mit einem Deutschen. Wenn ihr so vom Flirten redet – das habe ich mich nie getraut. Seit ich in einer anderen Stadt wohne, fühle ich mich jedoch freier. Einen Freund zu haben wäre schön, heiraten möchte ich aber noch lange nicht. Dass ich einen Magister-Abschluss habe, darauf sind meine Eltern schon stolz, und sie verstehen es auch, dass mir meine Arbeit in der Forschung wichtig ist. Doch irgendwann werden sie fragen, wann ich heiraten und Kinder haben werde, wie alle türkischen Eltern.«

»Dann haben wir, die wir nicht so an Traditionen gebunden sind, ja wirklich keinen Grund zu jammern«, befindet Maximilian.

*

Inzwischen ist Jakub an ihren Tisch gekommen und hat sich auf den freien Stuhl neben Rahul gesetzt. Da gerade keiner spricht, hebt er sein Glas und sagt:

»Auf Ihre gute Arbeit!«

Alle heben ihre Gläser. Es dauert eine Weile, bis jeder mit jedem angestoßen hat. Dabei wird viel gelacht, weil es nicht leicht ist, nicht über Kreuz zu kommen. Dann, als Jakub an der Reihe ist, Rahuls Glas mit dem seinigen zu berühren, begegnen sich ihre Augen, und er fühlt sich wieder einmal vom Zauber seines jungen Mitarbeiters überwältigt.

»Wie war das in Polen mit der freien Liebe, Herr Feldmann?« fragt Sabrina plötzlich.

Jakub hört sie wie aus der Ferne und braucht einen Moment, um sich zu fangen. Was für eine Frage! Vielleicht hat sie ihn beobachtet. Versucht sie, einen wunden Punkt zu treffen? Sie hat immer etwas Provozierendes, beruhigt er sich. Er spürt die Blicke aller auf sich gerichtet und entscheidet sich für eine allgemeine Antwort:

»In Polen ist man traditionell sehr konservativ«, sagt er. »In der Volksrepublik Polen, die ja eine kommunistische Diktatur war, war der Atheismus Staatsreligion. Trotzdem betrachteten viele die katholische Kirche als ihr spirituelles Zuhause. Deshalb behielt sie einigen Einfluss. Sie setzte sich sogar für politische Reformen ein unter Berufung auf christlich-humanistische Werte und konnte ein Zufluchtsort für Dissidenten sein. Meine Familie hat ihren katholischen Glauben immer gelebt, im Privaten. Erst an der Uni kam ich mit liberaleren Kreisen in Kontakt.

Ich genoss es, nicht so unter Beobachtung zu stehen. Man konnte jemanden daten – er lächelt – ohne an eine feste Beziehung zu denken, einfach weil man einen netten Abend miteinander haben wollte. Man war nicht ganz so frei wie Sie heute hier, aber freier als in einer Kleinstadt, wo es noch viel wichtiger ist, was die Familie und die Bekannten denken.

»Vielleicht kommt man nie wirklich davon los«, endet er etwas melancholisch.

Ein Geheimnis

Als Jakub schließlich das Gebäude verlässt, ist es kurz nach Mitternacht. Wenn er sich beeilt, kann er die Straßenbahn um 0:20 Uhr noch erreichen. Halb im Laufschritt überquert er den großen Vorplatz, biegt beim Copyshop links um die Ecke und geht dann weiter geradeaus zur Kaiserallee. Von dort sind es nur noch ein paar Meter nach rechts zum kleinen Markt. Als er ankommt, fährt die Drei gerade durch das Südtor. Um diese Zeit mitten in der Woche sind nicht so viele Menschen unterwegs, so dass er eine Bank für sich hat. Er ist müde, aber zufrieden. Ein schönes Fest! Alle in Hochstimmung. Und sie haben es verdient. So viele fähige junge Menschen. Das ist das Schöne an dem Job. Mit ihnen allen zusammenzuarbeiten. Und dabei sind sie so unterschiedlich.

Alastair Collins ist der Star des Teams. Cambridgeabsolvent. Noch so jung und schon solche Publikationen. Er hat eine große Zukunft vor sich. Charmant und humorvoll ist er auch. Er schafft es immer wieder, die anderen zum Lachen zu bringen. Ein bisschen schurkisch wirkt er mit seinem rötlichen Dreitagebart.

Teresa Rinaldi ist so ganz anders. Sie ist auf ihre Weise eine ausgezeichnete Wissenschaftlerin. Aber eben sehr still und unscheinbar. Man unterschätzt sie leicht. Inzwischen wissen jedoch alle, dass man gut zuhören sollte, wenn sie sich zu Wort meldet. Sie genießt Respekt. Seltsam, dass die beiden ein Paar sind. Er so lebhaft und strahlend. Sie so ruhig und bescheiden. Dabei steckt so viel in ihr. Und wie sie ihn verehrt! Hoffentlich enttäuscht er sie nicht.

Und was ist von Sabrina Kühnel zu halten? Mir kommt es vor, als spinne sie im Hintergrund ihre Fäden. Mit ihrer Frage hat sie einen wunden Punkt getroffen, vermutlich ohne zu wissen inwiefern genau. Als ich mit Rahul anstieß und sich unsere Augen trafen. Das kann sie gar nicht bemerkt haben.

Er ist so tief in Gedanken versunken, dass er die letzten Stationenansagen nicht gehört hat. Tatsächlich. Das laufende Band aus roten Buchstaben unter dem Dach des Waggons zeigt an, dass er schon an der nächsten Haltestelle aussteigen muss. Er geht nach hinten zur Tür und wartet bis die Straßenbahn zum Halten kommt. Von hier bis zu seiner Wohnung sind es nur noch wenige Minuten Fußweg.

Wo war er stehengeblieben? Das Klingen der Gläser. Ein paar unergründliche dunkelbraune Augen. Rahul. Der gut aussehende junge Mann, der immer so auf die Form achtet, ja geradezu Würde ausstrahlt, sollte Gefühle für ihn haben? Oder bildet er es sich nur ein. Wunschdenken.

Er wirkt reif für sein Alter. Vielleicht weil er so viel in der Welt herumgekommen ist. In Delhi geboren, Kindheit und Jugend in Washington als Sohn eines hochrangigen Diplomaten. Er ist zweifelsohne in einer privilegierten Umgebung aufgewachsen. Seine Vorfahren Brahmanen, wahrscheinlich auf der höchsten Stufe, jedenfalls Indische Aristokratie. Und er ist intelligent und talentiert. Ein Doktortitel von der University of California, Berkeley. Seine dunklen Augen. So voller Melancholie manchmal, als ob er durch schmerzliche Erfahrungen hindurchgegangen wäre. Kein Wunder. Immer der Fremde in einer fremden Kultur.

Bin ich verliebt? fragt sich Jakub. Vielleicht, aber ich darf mich diesem Gefühl nicht hingeben.

Mit diesem Entschluss öffnet er die Haustür und steigt die Stufen bis zu seiner Wohnung im zweiten Stock hinauf. Vor der Garderobe im Flur zieht er seinen Mantel aus und hängt ihn auf. Dem langen Spiegel an der Seite kann er dabei nicht entgehen. Wie immer bleibt sein Blick an seinem, aus den Tiefen des Glases aufsteigenden Erscheinungsbild hängen, seiner kräftigen Statur, den breiten Schultern. Er wäre gerne ein bisschen größer gewesen und schlanker. Der leichte Bauchansatz ist durch den Schnitt seines braunen Tweed-Jacketts aber kaum sichtbar. Seine Augen haben die Farbe von Kornblumen in einem Getreidefeld im Sommer, hat ihm einmal jemand gesagt. Er lächelt sein breites Lächeln, durch das sein

Gesicht die Form des Mondes erhält. Elas Worte. Von den Schläfen hat sich ein silbergrauer Farbton in seinem blonden Haar ausgebreitet. Auch das auf die Seite gekämmte Stirnhaar ist mit silbernen Strähnen durchsetzt. Er ist alt geworden. ... . Ach was. Es war einfach nur ein langer Tag, eine anstrengende Woche.

Er reißt sich los, stellt zuerst im Arbeitszimmer die Tasche ab und geht dann ins Bad, wo er sich bettfertig macht. Auf dem Weg ins Schlafzimmer schaut er ganz leise im Kinderzimmer vorbei. Sie haben es in der Mitte provisorisch mit einer spanischen Wand geteilt. Sowohl Anna als auch Leo schlafen tief. Schließlich tappt er ins gemeinsame Schlafzimmer. Der Mond scheint durch die Ritzen der Rolladen, so dass er kein Licht braucht. Er legt sich so behutsam wie möglich auf seine Seite des Betts, um Ela nicht zu wecken. Jetzt murmelt sie etwas im Traum und nach einer Drehung von Kopf und Schulter lehnt ihr rechter Arm auf einmal an seinem Brustkorb. Es sieht so aus, als wolle sie die Hand nach ihm ausstrecken. In einem Anflug von Zärtlichkeit richtet sich Jakub ein wenig auf und drückt seine Lippen sacht in ihre offene Handfläche. »Ela«, sagt er lautlos.

Zweites Kapitel

September 1999 bis Februar 2000

Der Morgen danach

Teresa steht vor dem Waschbecken in der Frauentoilette am Ende des Gangs und schaut in den Spiegel. Ihr blasses und müdes Gesicht schaut zurück.

War es der ungewohnte Alkohol oder bin ich vielleicht schwanger? fragt sie sich.

Während sie am Schreibtisch vor dem Bildschirm saß, war ihr plötzlich übel geworden. Sie versucht, die Tage seit ihrer letzten Periode zu zählen, kommt aber durcheinander. Sie kann jetzt nicht klar denken. Der Druck im Kopf, den sie seit dem Morgen verspürt, ist stärker geworden. Mit den Fingern tupft sie kaltes Wasser auf die Stirn, die Wangen und in den Nacken. Sie kreist ein paarmal mit den Schultern, hebt sie ganz hoch zu den Ohrläppchen, um die Spannung in der Muskulatur des oberen Rückens zu lösen.

Ein Baby würde alles verändern. Natürlich würde sie sich freuen. Ihr gemeinsames Kind. Andererseits möchte sie gerne weiterarbeiten, zumindest bis zum Ende ihres Vertrags. Es läuft gerade so gut mit dem Projekt. Trotz der Selbstzweifel, die sie immer wieder quälen, weiß sie, dass sie hoch qualifiziert ist. Und doch würde sie durch Mutterschutz und Elternzeit wahrscheinlich schnell den Anschluss verlieren, vielleicht nie mehr in der Wissenschaft arbeiten können. Dabei war das ihr Leben. Und ihre große Gemeinsamkeit mit Alastair.

Sie hat sich so gefreut, dass das Projekt verlängert wird! Und es war schön, das zu feiern, obwohl sie es eigentlich nicht mag, wenn es so laut wird. Die niedrigere Hemmschwelle durch den Alkohol. Die Leute, mit denen man sonst gute Gespräche führen kann, wollen nur noch witzig sein oder werden komplett albern. Für sie, Teresa, ist das ermüdend.

Aber Alastair ist dann ganz in seinem Element. Er steht gerne im Mittelpunkt. Sabrina weiß das genau und nutzt es aus. Sie ist ähnlich schlagfertig wie er, und er lässt sich gerne darauf ein, mit ihr herum zu blödeln. Das ist eigentlich auch nicht schlimm, solange er nicht mit ihr flirtet. Gestern als er das Haar von ihrem Ärmel aufnahm, das versetzte ihr einen Stich. Dann packte sie die Wut. Jetzt, beim Gedanken daran, wieder. Warum ist er so charmant zu ihr? Sabrina würde vielleicht besser zu ihm passen, ungezwungen und selbstbewusst wie sie ist. Als er sie dann anschaute und vor allen küsste war sie erleichtert und glücklich. Er liebt sie doch!

Und Sabrina? Was will sie von ihm? Alle wissen schließlich, dass sie, Teresa und Alastair, zusammen sind, nicht erst seit gestern.

Sie erschrickt als die Tür aufgeht und hinter ihrem eigenen blassen Gesicht im Spiegel Sabrina erscheint.

»Alles okay bei dir?« fragt diese und ergänzt: »Oder geht es dir nicht gut?«

»Doch, doch«, antwortet Teresa. »Ich bin nur ein bisschen verkatert von gestern.«

Nachdem Sabrina sich in einer der Kabinen eingeschlossen hat, hört sie, wie die Tür ins Schloss fällt.

Verkatert. Ha, ha, sagt sie zu sich selbst mit einem Anflug von Sarkasmus. Sie hat ja kaum etwas getrunken. Vielleicht ist sie schwanger? Gewollt? fragt sie sich mit gemischten Gefühlen. Bestimmt, denn heutzutage sollte Familienplanung doch kein Problem mehr sein.

Freundinnen unter sich

Am Nachmittag desselben Tages gehen Teresa und Fatima zusammen in die Stadt. Fatima hatte neulich im Kaufhof einen Rock anprobiert, war sich aber nicht sicher gewesen, ob er ihr wirklich steht. Deshalb bat sie Teresa, sie demnächst einmal dorthin zu begleiten, und sie verabredeten sich für heute. Als es Teresa am Morgen nicht gut ging, bot Fatima zwar an, den Termin zu verschieben, Teresa bestand aber darauf, die Verabredung einzuhalten. Nun hat Fatima den Rock tatsächlich gekauft. Zufrieden mit der gemeinsamen Aktion lädt sie nun Teresa ins Café in der Au ein. Nachdem die Kellnerin jeder ein Kännchen Tee serviert hat, nimmt sich Teresa ein Herz und sagt:

»Es könnte sein, dass ich schwanger bin. Jedenfalls hätte ich meine Periode vor drei Tagen schon bekommen sollen und heute Morgen war mir nicht gut.«

»Schön«, sagt Fatima lächelnd. »Oder?« fügt sie mitfühlend hinzu, nachdem sie Teresa prüfend angeschaut hat.

»Ich weiß nicht«, sagt Teresa ehrlich und erklärt:
»Eigentlich ist es noch zu früh. Ich hätte lieber bis zum Ende meines Vertrags gewartet. Mindestens.«

Sie kann an Fatimas Gesicht ablesen, was sie denkt und kommt ihr zuvor.

»Ja, ich weiß«, sagt sie verlegen. »Aber ich habe die Pille nicht vertragen.«

»Hast du es Alastair schon gesagt?« fragt Fatima.

Teresa schüttelt den Kopf.

»Ich habe ja noch keinen Test gemacht. Wahrscheinlich bin ich gar nicht schwanger. Ich habe gestern Abend mehr Sekt getrunken als sonst. Vielleicht war es das.«

Fatima fragt etwas besorgt: »Meinst du, er würde sich freuen?«

»Ich glaube schon, antwortet Teresa. Ich bin nicht sicher. Wir haben noch nicht über Kinder gesprochen. Wir haben uns bisher hauptsächlich mit der Arbeit identifiziert. Ein Baby würde natürlich alles ändern.«

»Ja«, sagt Fatima nachdenklich. »Du würdest erst einmal zu Hause bleiben müssen. … Wenn euer Kind in den Kindergarten geht, gibt es bestimmt Möglichkeiten zum Wiedereinstieg«, fügt sie hinzu, als sie bemerkt wie unglücklich Teresa aussieht.

»Drei Jahre sind unglaublich lang«, seufzt sie niedergeschlagen. »In der Zeit verpasst man so viel. Ob ich dann überhaupt noch eine Chance hätte?«

Fatima beruhigt sie: »Mach dir jetzt noch keine Sorgen. Vielleicht bist du ja gar nicht schwanger.«

»Ja«, antwortet Teresa etwas kläglich. »Ich würde sowieso gerne zuerst heiraten.«

»Heiraten?« fragt Fatima überrascht. »In Deutschland ist das doch heute nicht mehr wichtig, oder?«

»Alastair sagt das auch«, meint Teresa. »Er ist eher gegen die Ehe. Seiner Meinung nach werde der Partner dann selbstverständlich, und das sei schlecht für die Liebe. Ich weiß auch nicht. Meine Eltern sind allerdings sehr konservativ. Sie leben zwar nun schon lange in Deutschland, aber sie haben kaum Kontakte außerhalb ihres Kreises italienischer Gastarbeiterfamilien, die alle streng katholisch sind, jedenfalls die ältere Generation. Diese Freunde und unsere Verwandten in Neapel bestärken meine Eltern in ihren Ansichten.«

»Bei mir wäre es ähnlich«, pflichtet Fatima ihr bei. »Meine Eltern würden mir auch Vorwürfe machen, obwohl sie selbst nicht so religiös sind.«

»Vielleicht sollten wir unseren Mut zusammennehmen und unser eigenes Leben leben, auch wenn es hart ist, sich von den Eltern zu entfremden«, sagt Teresa mit fester Stimme.

»Egal. Es gibt etwas, wovor ich mehr Angst habe«, fügt sie an.

»Und wovor?« fragt Fatima nach.

Teresa weicht aus: »Du findest bestimmt, dass ich es mir nur einbilde«, sagt sie.

»Erzähl«, fordert Fatima entschieden. »Dafür gibt es Freundinnen. Dass sie zuhören. Ich sage dir dann schon, ob du fantasierst.«

»Sabrina und Alastair«, bringt Teresa gequält hervor. »Ich bin eifersüchtig. Ich habe Angst, dass sie ihn mir wegnimmt.«

Fatima schlägt sich mit einer Hand an die Stirn:

»Ich hatte es ganz vergessen. Als ich gestern gegen Mittag auf dem Weg durch den Innenhof war. Ganz sicher bin ich mir nicht, aber zwei Menschen, die aussahen wie die beiden, saßen zusammen an einem Fenstertisch in der Caféteria.«

Teresa starrt düster vor sich hin:

»Das muss während meines Proseminars gewesen sein. Ich will ihm doch keine Fesseln anlegen. Er braucht andere Menschen viel mehr als ich. Aber es tut mir trotzdem sehr weh. Hast du die beiden während unserer Diskussion gestern Abend beobachtet?«

»Das Haar, an ihrem Ärmel?« fragt Fatima.

»Ja«, seufzt Teresa. »Wahrscheinlich kann man sich nie sicher sein. Aber es tut gut, mit dir zu sprechen. Sie lächelt tapfer. Danke fürs Zuhören.«

»Ich freue mich, dass es dir gut getan hat«, erwidert Fatima.

Sie ruft die Kellnerin und bezahlt für beide. Dann gehen sie zusammen die kurze Strecke in die Stadtmitte, wo sie in verschiedene Straßenbahnlinien einsteigen, Fatima in die Eins Richtung Westen und Teresa Richtung Norden in die Vier. Sie hat Alastair schon gesagt, dass sie heute Nacht in ihrem WG-Zimmer schlafen würde. In der Apotheke bei ihrer Haltestelle kauft sie einen Schwangerschaftstest.

In dieser Nacht schläft Teresa sehr unruhig. Jedes Mal wenn sie aufwacht, wälzt sie sich lange hin und her bis sie wieder einschläft. Schließlich ist es vier Uhr morgens. Im Zimmer ist es hell. Durch den Spalt zwischen den Vorhängen fällt Licht ein. Der Mond. Sie liegt wieder lange wach. Schließlich muss sie doch noch einmal eingeschlafen sein, denn als der Wecker um Viertel vor sieben klingelt, fühlt sie sich wie aus einem tiefen Schlaf gerissen. Sie erlaubt sich, noch ein bisschen vor sich hin zu dösen, diesen Ort des Vergessens zu suchen, wo sie gerade war. Aber es gibt kein Zurück. So überwindet sie ihre Wehmut und stützt sich im Bett auf. Wieder eine leichte Übelkeit, oder bildet sie sich das nur ein?

Sie geht ins Bad und macht den Schwangerschaftstest. Eindeutig positiv. Jetzt ist sie wenigstens sicher.

Gewissheit

Am Abend des nächsten Tages fahren Alastair und Teresa nach der Arbeit mit den Fahrrädern in den nördlichen Stadtteil, in dem sich ein paar Straßenzüge von Teresas WG-Zimmer entfernt auch Alastairs Wohnung befindet. Teresa liebt es, an den fantasievollen Villen aus der Gründerzeit vorbei zu fahren, jedes Haus ein kleiner, individuell gestalteter Palast. Dann geht es durch Alleen gesäumt von den mächtigen Stämmen großer, alter Platanen, die mit ihrem noch grünen Blätterdach ein dichtes Gewölbe bilden. Heute tut es ihr besonders gut, die milde Luft des Septembernachmittags auf ihrer Haut zu spüren. Bis zu ihrem Viertel brauchen sie fast eine halbe Stunde, aber der Weg wird ihr nie lang. Dort halten sie noch beim nahe gelegenen Supermarkt, um ein paar Vorräte und Zutaten für das Curry einzukaufen, das sie zum Abendessen kochen möchten. Zu Hause angekommen legt Alastair eine CD von Eric Clapton auf, die sie beide gerne mögen, und Teresa hilft ihm beim Gemüse schneiden. Dann überlässt sie ihm die restliche Zubereitung und deckt den kleinen Tisch in der Küche. Während das Curry auf dem Herd köchelt, geht sie quer durchs Wohnzimmer auf die Terrasse hinaus, setzt sich dort auf die Bank vor das Tischchen und überlegt sich heute schon zum ixten Mal, wie sie es ihm sagen möchte. Sie will auf jeden Fall bis nach dem Essen warten.

Die Luft ist nun doch kühl geworden. Die Sonne ist hinter den Dächern der Nachbarhäuser verschwunden. Dazu kommt ihre Nervosität. Fröstelnd geht sie ins Wohnzimmer zurück und schließt die Tür hinter sich. Das Wohnzimmer ist geschmackvoll eingerichtet, die Möbel sind schöne Einzelstücke, die aber gut zusammenpassen: an der Terrassenseite sind ein Sofa und zwei Sessel um ein Kaffeetischchen herum angeordnet. In der Ecke bei der Stehlampe lehnt Alastairs Gitarre. An der Wand gegenüber dem Sofa sind der Fernseher und die Stereoanlage aufgebaut. Vor dem Fenster daneben steht der Schreibtisch aus einem dunklen rötlichen Holz. Auf der anderen Seite der Zimmerecke befindet sich ein Regal mit Büchern und Ordnern, das den Platz an der Wand bis zur Tür einnimmt.

Wie immer amüsiert es sie, dass die Arbeitsfläche des Schreibtischs bis auf den Computerbildschirm und die Dokumentenablage frei ist. Es wirkt, als würde er nie benutzt. Tatsächlich ist Alastair sehr gut organisiert. Es ist ihm wichtig, dass alles seinen Platz hat.

Über dem Schreibtisch hängt ein Schwarz-Weiß-Foto von einem Segelschiff, das schräg im Wasser liegt und sich mit angehobenem Bug der nächsten Welle stellt. Am Steuerruder sitzt ein älterer Mann mit Backenbart und Kapitänsmütze, während ein Jugendlicher sich um die Segel kümmert. Es sind Alastair und sein Großvater bei ihrer letzten Regatta. Nachdem er bald darauf gestorben war, hatte sein Enkel lange um ihn getrauert. Wenn sie daran denkt, wird Teresa selbst ganz traurig.

»Das Curry ist fertig«, ruft Alastair aus der Küche in ihre Gedankenwelt hinein.

Sie lächelt ihn an, als sie hereinkommt und äußert ihre Freude über den leckeren Geruch und das appetitliche Aussehen des Gerichts. Es ist nicht ungewöhnlich, dass sie das Glas Rotwein ablehnt, das er ihr anbietet. Während sie essen und danach aufräumen und abwaschen, tauschen sie lediglich ein paar Beobachtungen und Informationen aus, die sich über den Tag angesammelt haben.

Als sie schließlich nebeneinander auf dem Sofa sitzen, ist es Alastair, der den Anfang macht. Er legt den Arm um sie, und sie lehnt sich gegen seine Schulter.

»Ist etwas nicht in Ordnung?« erkundigt er sich besorgt. »Seit zwei Tagen frage ich mich, was los ist. Du bist ja noch schweigsamer als sonst.«

»Ich bin schwanger«, sagt Teresa leise. »Ich habe heute Morgen den Test gemacht.«

Er umarmt sie und küsst sie zärtlich auf die Stirn.

»Und? Was denkst du?« fragt sie und schaut ihn dabei prüfend und mit einem bangen Gefühl im Bauch an.

»Ich bin ein bisschen überrascht, aber ich freue mich. Klar!« sagt er lächelnd und küsst sie auf die Lippen.

Jetzt, wo sie miteinander reden und Zukunftspläne machen, löst sich die Schwere in Teresas Brust auf. Alastair hat schnell ihr Vertrauen wieder. Er ist so charmant und spricht so fürsorglich, dass es ihr ist, als schwebe sie ein bisschen vor Glück.

Als sie am späten Abend das Licht ausmachen und sich zum Schlafen umdrehen, ist sich Teresa bewusst, dass sie nicht nach Sabrina gefragt hat. Auch vom Heiraten haben sie nicht gesprochen.

Abschiedsfeier

Sechs Monate später, an Teresas letztem Arbeitstag vor dem Mutterschutz, treffen sich ihre Kolleginnen und Kollegen im Besprechungsraum gegenüber der Mitarbeiterküche zu einer Abschiedsfeier für sie. Professor Dr. Jakub Feldmann hat die Getränke spendiert. Es gibt Sekt, einige Flaschen Bier und Orangensaft und Wasser für die Nichttrinker. Auf zwei zusammen geschobenen Tischen stehen verschiedene Quiches und selbst gemachte Salate bereit.

Jakub kommt etwas später herein. Er entschuldigt sich – noch ein wichtiges Telefonat — und setzt sich ans freie Kopfende des Tisches neben Rahul auf der einen und Frau Lohr auf der anderen Seite. Ihm gegenüber sitzt Alastair, rechts neben diesem Teresa und links Sabrina. Aus dem Augenwinkel nimmt er wahr, dass Rahul ihm Sekt einschenkt. Da das Gespräch nach seinem Eintreten zum Stillstand gekommen ist, hebt er sein Glas und ergreift das Wort.

»Auf Teresa und das Baby. Alles Gute«, sagt er und schaut sie dabei mit seinem väterlichen Lächeln an. »Für Sie alle drei, natürlich«, korrigiert er sich sofort, sich Alastair freundlich zuwendend. Eine Weile sind die Anwesenden damit beschäftigt, mit Teresa und Alastair anzustoßen.

Sabrina kann es nicht lassen, Teresa aufzuziehen. Sie bemerkt zu ihr:

»Trink doch wenigstens ein halbes Glas Sekt. Es ist schließlich deine Party.«

Teresa, die nur Wasser in ihrem Sektglas hat, entgegnet kurz angebunden: »Nein, danke.«

Frau Lohr wendet sich nicht ohne Schärfe in der Stimme an Sabrina:

»Da hat sie Recht. Selbst kleine Mengen Alkohol können dem Baby schon schaden.«

Auch Fatima springt Teresa bei. Sie legt den Arm um sie und sagt:

»Ich werde dich vermissen, Teresa. Du bist der gute Geist unseres Teams.«

Maximilian pflichtet ihr herzlich bei:

»Du bist ja nicht aus der Welt. Komm ab und zu auf eine Tasse Tee vorbei. Du willst doch sicher auch wissen, was hier läuft.«

»Klar, Sie sind immer willkommen«, stimmt Jakub ein. »Vielleicht wird es ja eine Möglichkeit für Sie geben, nach dem Erziehungsurlaub wieder bei uns einzusteigen.«

»Das wäre schön«, sagt Teresa ein bisschen verlegen. »Wahrscheinlich wäre es jedoch schwierig. Meine Eltern wohnen nicht in der Nähe, und Alastair´s Eltern leben in England. Die Uni hat eine Krabbelstube für Kinder ab zwei Jahren. Aber dann sind sie schon noch sehr klein. Ich weiß nicht, ob das für uns das Richtige ist.«

»Ihr könntet euch doch abwechseln«, schlägt Sabrina vor. Warum macht Alastair nicht ein paar Jahre lang den Hausmann? Das kann ich mir gut vorstellen.«

Sie grinst ihn boshaft an.

»Das ist alles nicht so einfach«, sagt dieser verlegen.

Fatima wendet sich lächelnd Teresa zu und legt ihre Hand auf die ihrige:

»Mach dir erstmal keine Sorgen. Freue dich und genieße die Zeit«, sagt sie ermunternd.

Teresa lächelt etwas gequält zurück und schaut dann in die Runde:

»Es wird seltsam sein, nicht mehr jeden Tag hierherzukommen. Ich werde euch vermissen und meine Arbeit«, sagt sie

»Du kannst ja die Zeit zum Shoppen nutzen«, wirft Sabrina ein. »Oder habt ihr schon Babykleidung?«

Rahul schaut Jakub gequält an. Dieser fängt den Blick auf und öffnet den Mund um etwas zu sagen. Da greift Alastair schon ein:

»Das machen wir natürlich zusammen.«

Dabei lächelt er Teresa an und legt seinen Arm um sie.

»Ich frage meine Frau, ob sie noch Babysachen hat«, bietet Jakub an. »Darf ich ihr Ihre Telefonnummer geben? Ich fürchte jedoch, dass sie das meiste an ihre Schwester weitergegeben hat, bevor wir nach Deutschland gezogen sind.«

»Ja, gerne. Vielen Dank für das Angebot. Das ist sehr freundlich von Ihnen«, antwortet Teresa.

Sie zieht einen *Post It* Block, der in der Mitte des Tisches liegt, zu sich her, schreibt ihre Telefonnummer darauf und schiebt den Zettel in Richtung Jakub. Da ihr Arm nicht so weit reicht, leitet Rahul ihn weiter. Dabei schaut er Jakub lächelnd an. Als sich ihre Augen begegnen, überläuft diesen ein Schauer.

»Danke«, sagt er kühl, während er sein Portemonnaie aus der Tasche zieht und das *Post It* zu den Geldscheinen steckt.

»Übrigens. Das Buffet ist eröffnet«, verkündet er gut gelaunt.

Als Teresa und Alastair sich auf den Weg nach Hause machen, räumen Fatima und Maximilian in der Mitarbeiterküche das Geschirr in die Spülmaschine. Im Besprechungsraum packen Rahul und Sabrina ihre leeren Schüsseln und Platten in ihre Taschen.

Rahul bricht das Schweigen:

»Du hast wohl was gegen Teresa, oder?«

Sabrina schaut Rahul herausfordernd an:

»Sie geht mir ein bisschen auf die Nerven. So ruhig und bescheiden. Immer korrekt. Das reizt mich einfach.«

Rahul erwidert:

»Jetzt hast du sie ja los. Zumindest erstmal. «

»Nu mach mal halblang«, protestiert Sabrina. »Liebst du sie etwa?«

»Sie ist okay«, sagt er und schaut Sabrina dabei fest an. »Aber du bist geradezu darauf aus, sie zu verletzen. Das ist nicht fair.«

»Du bist ein edler Mensch«, sagt sie ein bisschen spöttisch und legt ihre Hand kurz auf seine Schulter, während sie an ihm vorbei zur Tür geht.

Rahul gehört auch zu denen, die immer korrekt sind. Was wohl hinter dieser glatten Fassade liegt? fragt sie sich. Er stellt sich vor Teresa, aber er liebt sie nicht. Ähnlich Herr Feldmann. Er beschützt sie als Chef. Bei aller Professionalität hat er etwas Väterliches uns allen gegenüber. Er schätzt Teresas Arbeit, und er mag sie auch. Verliebt ist er jedoch nicht in sie. In Rahul vielleicht? Da ist so ein geheimes Einverständnis zwischen den beiden, aber auch eine seltsame Spannung. Schon als wir auf die Verlängerung des SFB anstießen. Die Blicke. Vorhin auch. Das *Post It*. Aber Rahul hat nichts darauf geschrieben. Sie kichert vor sich hin. Es war Stille Post. Mit einem triumphierenden Gesichtsausdruck biegt sie ins Treppenhaus ein.

Allein

Alastair ist schon losgegangen, als Teresa am nächsten Morgen aufsteht. Sie macht sich eine Tasse Tee und setzt sich an den Küchentisch, auf dem die Zeitung liegt. Zeitung lesen ist Alastair wichtig. Er hat sie nicht zuletzt wegen der lokalen Nachrichten abonniert. Er möchte wissen, was um ihn herum los ist, was die Menschen umtreibt, unter denen er lebt, ihre Themen und Probleme kennen lernen. Teresa beginnt, die Schlagzeilen zu lesen, aber sie ist nicht in der Stimmung, sich in die Berichte zu vertiefen. Sie ist zu sehr mit sich selbst beschäftigt.

Ja, es tat gut, heute Morgen länger zu schlafen. Ihr Körper verlangt es. Er hat jetzt seinen eigenen Willen. Wenn sie den kleinen Georgie in ihrem Bauch spürt, stellt sie sich immer vor, was er gerade macht. Hat er sich gedreht, ein Beinchen oder ein Ärmchen bewegt? Sie ist nicht mehr eins, sondern zwei. Ihr eigenes Leben ist nicht mehr so wichtig, denkt sie in ihren wehmütigen Phasen. Wenn sie mit ihren Eltern telefoniert, fällt ihr auf, dass sie für sie nur noch Georgie´s Mutter ist. Sie sind so glücklich über das Baby, ihren Giorgio, dass es sie nicht einmal stört, dass Alastair und Teresa nicht verheiratet sind, jedenfalls nicht bis zur Geburt.

Mit Fatima ist es ähnlich. Sie meint es gut, aber sie denkt, Teresa müsse jetzt vorbehaltlos glücklich sein, als hätte sie kein Recht auf Zweifel und Wünsche für sich selbst. Es scheint, als setzten die Menschen um sie herum nun alle ihre Hoffnungen auf Georgie, weil mit ihm eine neue, eine schönere Zeit beginnt. Bis dahin ist es ihre Bestimmung, ihn in sich zu tragen. Und es ist ihr eigentliches Schicksal, seine Mutter zu sein.

Bisher hatte sie sich als ein selbstständiges Wesen gesehen. Sie war selbstbestimmt ihren Weg gegangen und eine Wissenschaftlerin geworden, die an einem spannenden Projekt arbeitete, mit dem sie sich identifizieren konnte. In ihren Träumen sah sie ihre Erkenntnisse noch unbestimmt an einem fernen Horizont, der auch ihre Zukunft barg.

Sie ist es gewohnt, Anerkennung für messbare, rational nachvollziehbare Leistungen, für Zeugnisse, Forschungsberichte oder wissenschaftliche Aufsätze, zu bekommen. Nun jedoch wird sie verehrt, ja angebetet, weil sie einen kleinen Menschen in sich trägt, der so große Erwartungen weckt, und dem sich ganz zu widmen ihre heilige Pflicht geworden ist, eine Pflicht, die ihr ein Heldentum abverlangt, das sie nicht anstrebte und das sie in einen Abgrund von Einsamkeit führen musste.

Bei ihrer Arbeit am Lehrstuhl fühlte sie sich befreit, nicht zuletzt weil ihr Geschlecht keine Rolle spielte. Auch ihre Liebe zu Alastair hatte daran wenig geändert. Indem sie schwanger wurde, übertrat sie die Schwelle zum nächsten Lebensalter, dem der Mutter. Ihr Kind ist nun in allen ihren Überlegungen, Entscheidungen und Plänen präsent. Nichts ist nur mehr für sie allein, und sie wird sich in eine Abhängigkeit von anderen einfinden müssen, von der sie sich befreit zu haben glaubte. So ist es seit Urzeiten über die Zeitalter hinweg gewesen. Ein Gefühl von Ehrfurcht überkommt sie. Es steht ihr nicht zu, dieses Gesetz der Natur in Frage zu stellen, sich ihm zu widersetzen.

Trotzdem fühlt sie sich auf einmal rebellisch. Ist es so egoistisch, weiter von einer beruflichen Zukunft zu träumen? Sie denkt an Marie Curie, die sie so sehr bewundert. Sie und ihr Mann Pierre Joliot, der ebenfalls ein berühmter Physiker war, haben sich die Erziehungsarbeit geteilt. Mit ihrem Vorschlag, Alastair solle auch eine Zeitlang Hausmann sein, hat Sabrina durchaus einen wunden Punkt getroffen.

Sabrina. So wild, so selbstbewusst, so frei. Ein frischer Wind, der durch den Lehrstuhl fährt, und Dinge durcheinander bringt. Ein Stich fährt durch ihr Herz. Sie spürt dem Schmerz nach. Jetzt wo sie zu Hause ist kann Alastair unbeobachtet mit ihr flirten. Er macht es auf eine charakteristisch uneindeutige Art, so, dass eine harmlose freundliche Geste auch als ein Liebeszeichen interpretiert werden kann, je nachdem wie man es sieht. Und obwohl sein Verhalten in einem Moment die Schwelle zur Zärtlichkeit zu überschreiten scheint, wirkt er im nächsten Augenblick wieder ganz gleichgültig. Aber nur bei anderen, nicht bei ihr. Alastair – ihre große Liebe. Und er liebt sie auch.

Seine zärtliche Aufmerksamkeit, wenn sie alleine sind. Sein Bemühen, ihr eine Freude zu machen. Er kann jedem gewöhnlichen Abend eine festliche Atmosphäre verleihen, indem er ein leckeres Rezept und schöne Musik zum Abendessen auswählt. Nur für sie beide.

Das Glück in seiner Stimme, wenn er von Georgie spricht. Als ob dieser seinen Namen gehört hätte, zuckt es in ihrem Bauch — und noch einmal. Sie legt eine Hand auf die Wölbung. Georgie, murmelt sie zärtlich. Sie hat keinen Grund, bedrückt zu sein. Sie muss ihre Unsicherheit, ihre Ängstlichkeit zurücklassen wie ihr altes Leben und mutig und voller Zuversicht in ihre Zukunft schauen. Sie spürt die schräg durchs Fenster hereinfallenden Sonnenstrahlen wärmend an ihrem Rücken. Auf der Tischplatte hinter ihrem Schatten und auf den Wänden und Möbeln schimmern Pfützen aus Licht. Sie hat Hunger. Wie wäre es mit einem frischen Croissant vom Bäcker? fragt sie sich und Georgie halblaut. Wenn sie schon dort ist, kann sie gleich noch ein Brot besorgen. Sie steht auf und bleibt einen Moment stehen, um ihr Gleichgewicht zu finden. Dann holt sie sich ihren Mantel, ihren Geldbeutel und eine Einkaufstasche und tritt in den kalten, aber sonnigen Februartag hinaus.

Drittes Kapitel

Juli bis Oktober 2000

Ein Besuch

Es ist ein sonniger, sehr warmer Julitag. Im Kollegiengebäude, das durch das Blätterwerk hoher alter Platanen von der Nachmittagssonne abgeschirmt ist, stehen viele Fenster und Türen offen, so dass ein angenehm frischer Luftzug durch den Gang zieht. Jakub ist überrascht, als er auf dem Weg zu seinem Büro plötzlich Teresa erkennt, die gerade das Sekretariat verlässt, und nun, das Baby im Tragetuch, auf ihn zukommt. Er geht ihr lächelnd entgegen und begrüßt sie freudig:

»Wie geht es Ihnen?« fragt er.

»Gut«, antwortet sie, aber ihr Gesicht ist blass. Alastair hat erzählt, dass es eine schwere Geburt war. Die Wehen setzten schon früh ein. Sie muss endlos lange gelitten haben, bis das Kind schließlich zur Welt kam.

»Sie sehen müde aus«, bemerkt er.

»Ja, sagt sie. »Georgie schläft nachts nicht so gut. Wenn er aufwacht, will er gestillt werden und dann schläft er nicht mehr ein. Jedenfalls nicht in seinem Bettchen.«

Jakub wendet sich dem Baby zu. Damit er das kleine Gesicht sehen kann, zieht Teresa das Tragetuch ein bisschen zur Seite.

»Hallo Georgie«, sagt er mit sanfter Stimme. Dieser schaut ihn ein bisschen erschrocken mit großen Augen an.

»Was für ein süßer Junge«, bemerkt er und lächelt zuerst Teresa, dann Alastair an, der inzwischen dazugekommen ist und nun neben Teresa steht. Und zu dem Baby:

»Du solltest deine Eltern schon schlafen lassen, kleiner Mann«, sagt er freundlich. »Sonst haben sie am Ende keine Kraft mehr.«

Dann tröstend zu Teresa: »Wenn die Kleinen nicht schlafen, ist es schon hart. Aber das geht vorbei.«

Und nach einer kleinen Pause:

»Ich muss wieder an die Arbeit.«

Er reicht ihr zum Abschied die Hand und sagt: »Schön, dass Sie vorbeigekommen sind.«

Während er sich in sein Büro zurückzieht, legt Alastair den Arm um Teresa.

»Magst du einen Tee«, fragt er. Teresa nickt zustimmend.

»Gute Idee. Lasst uns zusammen Tee trinken«, pflichtet Rahul bei, der sich inzwischen dazugesellt hat.

In der Küche kümmert sich Alastair um den Tee, Rahul und Teresa setzen sich an den Tisch. Sie hält das Baby jetzt in ihrer Armbeuge. Georgie beobachtet Rahul mit wachen Augen und bewegt dabei seine Ärmchen auf und ab, während er immer wieder an seinem Schnuller saugt.

Als Alastair gerade die Tassen auf den Tisch stellt, tritt Sabrina ein.

»Hallo Teresa«, ruft sie lebhaft in den Raum. »Wie nett, dass du uns besuchst. Wie geht es dir?«

»Gut, danke«, antwortet Teresa schlicht, während Sabrina zur Kaffeemaschine geht.

Maximilian kommt nun ebenfalls dazu.

»Hallo. Ich habe gehört, dass hier etwas los ist. Schön, dich zu sehen«, sagt er zu Teresa. Er beugt sich zu dem Baby im Tragetuch. »Willkommen im Team. Wem von euch sieht er denn ähnlich? Ich würde sagen, er hat Teresas dunkle Augen und Haare und Alastairs Kinn und Nase. Lucky baby. Du wirst einmal so gut aussehen wie er.«

Gut gelaunt vor sich hin lachend, richtet er sich auf, während Alastair in scherzhaftem Protest gegen eine seiner Schultern boxt.

»Dein Sohn macht dir jetzt schon Konkurrenz«, kommentiert Sabrina nicht ohne einen Hauch Boshaftigkeit.

Georgie folgt ihr mit den Augen. Während sie spricht, bewegen sich seine Ärmchen schneller als ob er ihre Feindseligkeit spürt.

Darauf Alastair, der einen Arm um Teresa gelegt hat, zu ihr:

»Du siehst, Sabrina ist immer noch die gleiche. Sie kann es nicht lassen, uns aufzuziehen.«

Sabrina, die das Baby die ganze Zeit über ignoriert hat, sagt daraufhin: »Meine Pause ist zu Ende. Ich muss an meinem Forschungsbericht weiter schreiben. See you around.«

Ihre Tasse Kaffee vor sich her balancierend verlässt sie die Küche.

»Was sie nur hat?« bemerkt Maximilian kopfschüttelnd. »Eifersucht?«

Er schaut Alastair grinsend an.

»Wer weiß?« gibt dieser ironisch zurück und grinst ebenfalls.

Inzwischen hat Georgie Kopf und Schultern suchend zu Teresa hingedreht und gibt leise, unzufriedene Laute von sich. Sein kleiner Körper ist angespannt.

»Er hat Hunger«, erklärt Teresa. »Ich stille ihn noch hier in der Küche.«

Daraufhin verabschieden sich Maximilian und Rahul. Nur Alastair bleibt noch eine Weile bei Teresa sitzen, bevor er sich auch in sein Arbeitszimmer zurückzieht.

Es ist seltsam als Gast hier zu sein, denkt Teresa. Das Leben am Lehrstuhl ist ohne sie weitergegangen. Wenn sie zu Hause ist, kann sie es meistens ausblenden. Sie hat genug mit Georgie und ihrem Haushalt zu tun. Das ist jetzt ihre Welt. Durch die kurzen Nächte ist sie tagsüber oft müde und nicht so fit. Das Stillen zehrt vielleicht auch an ihren Kräften. Sie ist froh, nicht arbeiten zu müssen.

Aber jetzt, wo sie hier ist, spürt sie den Verlust. Bis auf Sabrina, die stachelig war wie immer, sind zwar alle nett und interessiert — Frau Lohr am meisten, aber auch Professor Feldmann, Maximilian und Rahul — für einen Moment waren Georgie und sie im Mittelpunkt, was sie sonst eher als unangenehm empfand — nun jedoch sitzen sie alle wieder an ihrer Arbeit, und sie ist davon ausgeschlossen, als nähme man sie schon nicht mehr als Kollegin ernst. Sie schaut ein bisschen traurig auf Georgie´s Köpfchen, streicht zart über die dunklen flaumigen Löckchen, während er müde einige letzte Male an ihrer zweiten Brust nuggelt.

Der Zusammenbruch

An einem Freitag Ende Oktober sitzt Rahul schon am Schreibtisch in ihrem gemeinsamen Arbeitszimmer als Alastair hereinkommt. Zuvor hat er sich in der Mitarbeiterküche einen doppelten Espresso geholt. Den stellt er nun neben die Tastatur seines Computers, windet sich aus der Umhängetasche und lehnt sie gegen das Tischbein. Mit seinem rötlich-dunkelblonden Dreitagebart im blassen Gesicht und dunklen Ringen unter den Augen sieht er aus wie ein Seemann nach einer Reise um die Welt. Rahul formuliert es weniger blumig:

»Du siehst aus wie ein Zombie«, sagt er.

»Danke«, erwidert Alastair trocken. »Ich schlafe zu wenig. Georgie wacht zurzeit jeden Tag gegen zwei Uhr auf. Nach dem Stillen dauert es ewig, bis er wieder einschläft. Manchmal nehme ich ihn auf und gehe mit ihm im Zimmer herum, bis er sein Bäuerchen gemacht hat. Wenn Teresa sich tagsüber um Georgie kümmert, soll sie wenigstens nachts nicht aufstehen müssen. Aber wenn ich schließlich wieder im Bett bin, liege ich lange wach.«

»Wie geht es Teresa?« erkundigt sich Rahul

»Du kennst sie ja. Sie will in allem perfekt sein«, erzählt Alastair. »Eine perfekte Mutter, eine perfekte Hausfrau, und wenn das Baby schläft, liest sie Fachbücher und ärgert sich, wenn ihr die Augen dabei zufallen.«

Er lächelt gequält.

»Und ihr habt niemanden, der euch hin und wieder unterstützen könnte?« fragt Rahul.

»Nein, bisher noch nicht«, erwidert Alastair. »Unsere Eltern wohnen nicht in der Nähe, aber mit einem Baby knüpft man schnell Kontakte. Wir kennen inzwischen andere Familien in unserem Viertel. Und es gibt einen Eltern-Kind-Treff. Da geht Teresa einmal die Woche mit Georgie hin. Fatima besucht uns manchmal.«

»Warum sucht ihr nicht wenigstens einen Babysitter?« schlägt Rahul vor. »Wenn Georgie von acht bis zwei Uhr schläft, könntet ihr locker mal ins Kino gehen oder einen Stadtbummel machen, irgendwo gut essen.«

»Das habe ich Teresa auch schon vorgeschlagen, aber sie hat Angst, ihn mit jemand anderem allein zu lassen«, erklärt Alastair. »Einerseits verstehe ich sie, und ich gebe gerade alles für sie und das Baby. Aber sie ist so auf ihn fixiert, dass ich manchmal frustriert bin.«

»Es bleibt dir nichts anderes übrig als geduldig zu sein«, rät Rahul. »Gib ihr Zeit. Oder … warum fragst du sie nicht mal, was genau ihr Angst macht? Vielleicht könnt ihr klären, was dahintersteckt.«

»Das ist gar nicht so einfach«, wendet Alastair ein. Sie weiß, was das Beste für Georgie ist.«

Er schaut Rahul gequält an. Dann gibt er sich einen Ruck:

»Zurück an die Arbeit. Ich muss endlich diese Auswertung fertig machen«, sagt er.

*

Nach der Mittagspause sitzt Jakub in seinem Büro am Computer und schreibt eine E-Mail. Das Organisatorische nimmt langsam überhand, denkt er mürrisch. Seit heute weiß er, dass Frau Lohr länger krank sein wird. Eine Katastrophe. Er hat gleich die Personalabteilung angerufen und hofft, dass er nächste Woche wenigstens für halbtags eine Vertretung bekommen kann.

Da klopft es an seiner Tür, die wie meistens, offen steht.

»Herein«, ruft er mechanisch und dreht sich um. Dort steht Rahul.

Jakub spürt, wie sein Herz einen Schlag aussetzt, wie immer, wenn er ihm unerwartet begegnet.

»Haben Sie ein paar Minuten Zeit?« fragt dieser.

»Eine Minute. Ich bin gleich fertig«, antwortet Jakub benommen.

Er schreibt die angefangene E-Mail zu Ende, dreht sich dann zu Rahul um, der inzwischen die Tür hinter sich zugemacht hat, und schaut ihn fragend an. Dieser erzählt, was er am Morgen von Alastair erfahren hat.

»Hat Ihre Frau denn Kontakt mit Teresa aufgenommen?« fragt er abschließend. »Sie haben es doch bei ihrer Abschiedsfeier angeboten.«

Rahul schaut ihn so durchdringend an, dass Jakub die Augen senkt.

Um seine Befangenheit zu verbergen, dreht er sich zum Schreibtisch und tastet nach seinem Portemonnaie.

»Das *Post It*. Mist, ich habe es völlig vergessen«, murmelt er dabei verlegen.

Obwohl ihm nichts Gutes schwant, trifft ihn das, was jetzt kommt völlig unvorbereitet.

»Sie haben mich gern. Ich spüre es«, sagt Rahul leidenschaftlich.

Jakub zwingt sich zur Ruhe und wendet sich mit einer halben Drehung wieder Rahul zu:

»Ja, natürlich. Wie kann man Sie nicht gern haben. So liebenswürdig und klug wie Sie sind.«

Er fühlt sich beengt. Innerlich verwünscht er die verschlossene Tür. Und Rahul lässt nicht nach:

»So meine ich das nicht. … Sie lieben mich, so wie ich Sie!«

Jakub senkt den Kopf. Ihm ist heiß geworden. Er gibt sich einen Ruck und schaut Rahul an.

»Bitte reden Sie nicht weiter«, sagt er mühsam. »Es kann nicht sein, schon gar nicht hier an Ihrem Arbeitsplatz. Ich bin Ihr Vorgesetzter und habe eine Familie.«

Rahul erreichen diese warnenden Worte jedoch nicht mehr. Es bricht aus ihm heraus wie Lava:

»Dann lieben Sie mich doch!« ruft er tief bewegt aus. »Sie unterdrücken Ihre Gefühle, haben es über viele Jahre getan! Ich weiß, wie das ist. Das ist doch kein Leben. Möglich, dass sie in Polen keine andere Wahl hatten. Aber hier in Deutschland ist die Gesellschaft offener. In dieser Stadt stört es niemanden, wenn Sie mit einem Mann Hand in Hand gehen.«

Jakub ist aufgestanden und geht zur Tür:

»Beruhigen Sie sich. Tun Sie bitte, als hätte dieses Gespräch nie stattgefunden«, sagt er.

Er öffnet die Tür und lässt damit Rahul keine andere Wahl als auf den Gang hinaus und hoffentlich ruhig in sein Arbeitszimmer zu gehen. Dann stakst er auf unsicheren Beinen zu seinem Schreibtisch zurück und lässt sich schwer auf den Stuhl fallen. Er legt den Essay, den Sabrina Kühnel heute Morgen abgegeben hat, vor sich hin und beginnt zu lesen, aber er versucht vergeblich, die auf ihn einstürmenden Gedanken und Gefühle zu verdrängen. Immer wieder starrt er ins Leere. Wenn er sich dabei ertappt, muss er sich von neuem in dem Text orientieren. Schließlich kommt er zu dem Schluss, dass es sinnlos ist, jetzt weiterzumachen. Heute wird er nicht der letzte im Büro sein. Er fährt seinen Computer herunter, packt den Essay in seine Aktentasche, zieht seinen Mantel an und verlässt den Raum. Im Vorbeigehen verabschiedet er sich kurz, als wäre er in Eile, von den Mitarbeitern, deren Türen noch offenstehen und biegt dann ins Treppenhaus ab. Ungewöhnlich früh. Sie werden sich fragen, was los ist.

Ein Ausflug

Als Maximilian wenig später in die Mitarbeiterküche kommt, lässt Sabrina sich gerade einen Kaffee heraus.

»Und wie läufts bei dir?« fragt er.

»Gut, danke«, antwortet sie. »Ich habe heute Vormittag meinen Essay abgegeben.«

»Cool«, kommentiert er. »Dann kannst du ja erstmal durchatmen.«

»Ja, ich gehe gleich nach Hause«, sagt sie. »Herr Feldmann meinte zwar, er würde meine Arbeit noch am Nachmittag lesen, aber er hat sich vorhin ins Wochenende verabschiedet. Vielleicht ist ja etwas dazwischengekommen.«

»Er sah gar nicht gut aus«, bemerkt er. »Als ob ihn etwas erschüttert hätte. Beim Mittagessen war er noch ganz normal. Vielleicht hat er inzwischen erfahren, dass er keine Vertretung für Frau Lohr bekommt.«

»Rahul war bei ihm«, erzählt sie. »Ich sah ihn aus seinem Büro herauskommen, als ich von der Mittagspause zurückkam. Er war auch nicht er selbst. Ich habe Hallo gesagt, aber er hat durch mich hindurchgesehen, als wäre ich nicht da. Creepy.«

»Vielleicht ist etwas mit Rahul«, spekuliert er. »Eine schlechte Nachricht von seiner Familie.«

»Kann sein. Hoffentlich ist es nichts wirklich Schlimmes. Aber wenn Rahul aus der Fassung gerät … Er ist übrigens nicht mehr da. Und ich verschwinde jetzt auch.«

Sabrina stellt ihre Kaffeetasse in die Spülmaschine und räumt noch ein paar herumstehende Teller und Tassen mit ein.

»Ich werte noch eine Datenreihe zu Ende aus. Sonst muss ich am Montag nochmal von vorne anfangen«, erklärt Maximilian. »Schönes Wochenende.«

»Bis Montag dann«, sagt Sabrina.

Maximilian steht schon in der Tür. Er dreht sich noch einmal um, grüßt mit der Kaffeetasse in ihre Richtung und geht dann den Flur entlang zu seinem Arbeitszimmer. Inzwischen wischt Sabrina noch die Arbeitsflächen ab, um schließlich ebenfalls die Küche zu verlassen. Als sie langsam den Gang entlang schlendert, sieht sie, dass die Tür von Alastair und Rahuls Arbeitszimmer einen Spalt offensteht. Alastair muss noch hier sein. Sie klopft leise an, dann schiebt sie die Tür vorsichtig weiter auf. Er sitzt an seinem Schreibtisch, den Kopf auf seine Arme gelegt und schläft. Sabrina spricht ihn mit seinem Namen an. Dann noch einmal etwas lauter. Dabei legt sie die Hand auf seine Schulter und rüttelt sacht.

Als Alastair aufwacht, ist er erstmal ein bisschen verwirrt.

»Ich muss eingeschlafen sein«, nuschelt er.

Er zieht seine Schultern hoch und macht kreisförmige Bewegungen mit dem Kopf.

»Wie spät ist es?« fragt er schließlich und tastet unter den vor ihm liegenden Papieren nach seinem Handy.

»Viertel vor drei«, sagt Sabrina.

»Wie wäre es mit einer Tasse Kaffee«, schlägt sie vor. »Nicht in der Küche hier, sondern in der Stadt. Es kann auch was Anderes sein. Ein Bier?«

»Okay. Gerne«, stimmt Alastair zu. »Ich bringe hier heute sowieso nichts mehr hin.«

»Also los«, kommandiert Sabrina.

Draußen empfängt sie die Kälte eines grauen, kalten Herbsttages. Sabrina kennt eine Bar, die ihm vielleicht gefallen wird, eine ehemalige Eckkneipe im angrenzenden Wohnviertel.

»Ein Geheimtipp«, sagt sie.

Alastair tut die Bewegung an der kalten Luft gut. Auf einmal fühlt er sich erstaunlich frisch. Der Nebel in seinem Kopf hat sich verzogen. Mit einem Bier in erreichbarer Nähe, erscheint das Leben angenehm. Eine Weile lebt er ganz im Jetzt. Dann schleicht sich allmählich ein Schuldgefühl ein. Er denkt an Teresa. Eigentlich sollte er gleich nach Hause gehen.

Aber er fühlt sich zu schwach, in den Gang der Dinge einzugreifen. So folgt er Sabrina auf dem schmalen Gehweg mit dem Vorsatz, nicht länger als zwanzig Minuten zu bleiben. Allein der Weg erscheint ihm nun zu lang. Aber da dreht sie sich schon zu ihm um und zeigt gleichzeitig nach vorne.

»Dort ist es«, sagt sie.

»Ein Pub«, stellt er fest.

Das Schild ist ihm ins Auge gefallen: Auf smaragdgrüner Grundierung ein kantiges, junges Gesicht mit krummer Nase und stachligen orangenen Haaren, auf denen eine blaue Schirmmütze thront. Darunter in keltischer Schrift *The Happy Skipper*.

»Das Schild gefällt mir«, bemerkt Alastair.

»Mir auch«, stimmt Sabrina zu. »Ich habe es entworfen«, ergänzt sie stolz. »Ich wohne gleich um die Ecke, und da ich jeden Tag vorbeigehe, bekam ich mit, wie dieser Pub eingerichtet wurde. Als ich die Handwerker ausfragte, lernte ich Sean O'Sullivan, den Pächter kennen. Du wirst ihn mögen. Er ist Ire.«

»Pächter?« fragt Alastair nach.

»Der Wirt, der die Räume mietet«, erklärt Sabrina.

»Aha«, sagt Alastair.

Sabrina öffnet die Tür zur Gaststube, in der bisher nur einzelne Gäste sitzen, geht voran zur Theke und begrüßt den Wirt, einen hoch gewachsenen jungen Mann Mitte dreißig, das lebendige Ebenbild der Karikatur auf dem Schild. Unter seiner fast knielangen, smaragdgrünen Schürze mit dem Motiv des Pubschilds und dem Schriftzug *The Happy Skipper* auf dem Latz trägt er ein grün-weiß kariertes Flanellhemd, die Ärmel aufgekrempelt. Seine Arme sind ebenso wie sein Gesicht von Sommersprossen übersät. Nachdem Sabrina ein paar Worte mit ihm gewechselt hat, stellt sie ihm Alastair vor.

»Ein schöner Pub«, sagt Alastair anerkennend, während er sich umschaut. »Gute Idee, Fässer statt Tischen zu verwenden«, lobt er, Begeisterung in der

Stimme. »Und die Segelschiffmodelle als Dekoration! Ich glaube, ich höre und rieche das Meer.«

»Die habe ich selbst gebaut«, erklärt Sean. »Modellbau ist mein Hobby, schon seit meiner Kindheit. Mein Vater war Kranfahrer im Frachthafen von Cork. Die Schifffahrt hat mich fasziniert. Damals begann ich, mich mit historischen Segelschiffen zu beschäftigen. Es war immer ein besonderes Ereignis, wenn eines am Quai lag. Aber zum Seemann habe ich es nicht gebracht. Meine Eltern wollten es nicht. Ich sollte studieren. Jetzt habe ich einen Pub, der *The Happy Skipper* heißt.«

Er lächelt ein bisschen wehmütig.

Alastair nimmt sich vor, ihm nicht von seinem Großvater zu erzählen, der ihm das Segeln beibrachte und auf dessen Jacht er als Jugendlicher oft mitgesegelt war.

»Ich nehme an, du hast das Schild gesehen«, fügt Sean hinzu.

»Ja«, lacht Alastair. »Gut gelungen!«

»Sabrina hat mich beraten«, erläutert Sean.

Sabrina und Alastair bestellen sich jeweils ein Pint vom Fass, und Sabrina besteht darauf, für sie beide zu bezahlen. Sie kauft noch zwei kleine Packungen Chips dazu.

Während sie auf ihr Bier warten, fragt Alastair Sean nach seiner Lebensgeschichte. Was hat ihn nach Deutschland verschlagen? Sean hatte sein Auslandsjahr hier an der Universität verbracht, und nachdem er in Cork seinen Master gemacht hatte, wollte er unbedingt wieder zurück. Aber zuerst ging er nach

Dortmund, wo er bei einem Landsmann arbeitete. Von ihm lernte er, wie man einen Pub führt. Als er erfuhr, dass für die ehemalige Eckkneipe ein Pächter gesucht wurde, unterstützte ihn sein Chef dabei, einen Kredit zu finanzieren.

Nachdem Sean die vollen Biergläser vor sie hingestellt hat, gehen die beiden zu einem Tisch am Fenster und setzen sich auf die Barhocker.

Sie trinken sich zu.

»Und?« fragt Sabrina.

»Delicious«, sagt Alastair. »Und Sean hat eine interessante Lebensgeschichte.«

»Ja«, stimmt Sabrina zu. »Ich hoffe, dass der *Happy Skipper* schnell bekannt wird. Die Gaststube ist nicht sehr groß, aber ab dem Frühjahr kann Sean draußen noch ein paar Tische aufstellen. Die Saison hier ist lang. Manchmal gibt es schon im März oder April warme Tage und auch im Oktober noch gelegentlich.«

»Dir liegt viel an diesem Pub«, bemerkt Alastair.

»Ja«, gibt Sabrina zu. »Wie Sean schon sagte, habe ich ihm ein paar Tipps gegeben. Die Fässer mit den Barhockern in der Gaststube als Markenzeichen, zum Beispiel. Es gibt hier so viel Gastronomie, dass es unbedingt wichtig ist, etwas Besonderes zu bieten.«

»Cool. Well done«, lobt Alastair. »Du strahlst ja richtig, wenn du davon sprichst.«

»Ja, das ist es, was ich eigentlich machen möchte«, schwärmt Sabrina. »Design für Unternehmen: Räume, Logos, Merchandise. Das kann ich gut. Und ich liebe es, zu organisieren und Netzwerke zu knüpfen.«

»Und deine PhD thesis?« fragt Alastair verblüfft.

Sabrina zuckt mit den Schultern:

»Die möchte ich schon noch zu Ende bringen. Aber danach will ich noch einmal neu anfangen«, sagt sie entschlossen.

»Good luck«, sagt Alastair, noch immer erstaunt. »Dann auf deine Zukunft. Cheers!«

Sie stoßen miteinander an. Nach einer kurzen Pause fragt Alastair:

»Wie geht es dir denn gerade mit deiner Doktorarbeit?«

»Gut«, sagt Sabrina. »Ich habe heute meinen Essay abgegeben. Danke noch für deine Tipps. Und wie geht's dir?«

»Ich bin einfach unglaublich müde«, klagt Alastair. »Es fällt mir schwer mich zu konzentrieren. Du hast es ja selbst gesehen. Manchmal schlafe ich über meiner Arbeit ein.«

»Da hast du es gerade nicht leicht«, sagt Sabrina einfühlsam. »Ich habe ja keine Erfahrung mit Babys, aber wenn sie älter werden, schlafen sie bestimmt auch besser«, fügt sie tröstend hinzu.

»Hoffen wir es«, sagt Alastair. »Wenn ihr das alle sagt, wird es schon stimmen.«

Er trinkt sein Bier aus und schaut auf die Uhr.

»Sorry, aber ich muss jetzt nach Hause. Danke für das Bier.«

Er rutscht vom Barhocker und verabschiedet sich, wobei er es vermeidet, sie zu umarmen.

»See you on Monday«, sagt er noch und geht mit zügigen Schritten zur Tür. Wenn er sich beeilt – in die

Stadtmitte zur Straßenbahnhaltestelle, fünfzehn Minuten Fahrt und danach noch zehn Minuten zu Fuß – ist er in einer Dreiviertelstunde zu Hause. Das ist noch im Rahmen seiner üblichen Zeit.

Als er nach Hause kommt, sitzt Fatima bei Teresa im Wohnzimmer.

Familie und Beruf

Nachdem es im Kinderzimmer ruhig geworden ist, setzt sich Jakub, der noch in der Küche die Spülmaschine ausgeräumt und Tee gekocht hat, neben Ela auf die Couch im Wohnzimmer.

Während er an seinem Tee nippt, schaut er auf das vergrößerte und gerahmte Foto über dem Fernseher. Es ist ihr Hochzeitsfoto mit dem Brautpaar in der Mitte und den Kindern, der zweijährigen Anna im weißen Kleid und dem vierjährigen Leo im dunklen Anzug und Fliege, im Vordergrund. Neben dem Brautpaar stehen die Trauzeugen, sein Bruder neben Ela und ihre Schwester neben ihm. Es ist ein schönes Bild. Er hat sich Ela zugewandt und sie lächeln sich an. Die Kinder jedoch schauen mit feierlichem Gesichtsausdruck in die Kamera, als ob sie die Verantwortung für ihr gemeinsames Unternehmen trügen.

»Du bist so zerstreut heute«, bemerkt Ela. »War etwas an der Uni?«

Er erzählt ihr zuerst von Frau Lohr und seinen Befürchtungen in Bezug auf die notwendige längere Vertretung. Dann erinnert er sich an Teresa.

»Aaaah. Ich habe es fast schon wieder vergessen«, sagt er. »Ich habe dir doch von meiner Mitarbeiterin Teresa Rinaldi erzählt, die ein Baby bekommen hat, eine unscheinbare, stille Frau. Sie ist mit Alastair Collins, diesem brillanten jungen Engländer – kräftig, rotblondes Haar und Dreitagebart – zusammen. Ich glaube, sie hat wenig Unterstützung. Weder Eltern noch Schwiegereltern wohnen in der Nähe. Auf ihrer Abschiedsfeier habe ich angeboten, dass du sie mal anrufst wegen Babykleidung. Das ist bald schon Monate her.«

Er schüttelt den Kopf über seine Vergesslichkeit. Dann fügt er hinzu:

»Ich habe ihre Telefonnummer in meinem Portemonnaie.«

Ela reagiert empört, aber mit humorvollem Unterton:

»*Du* hast angeboten, dass *ich* sie anrufe?!« ruft sie aus.«

»Entschuldige«, sagt Jakub geknickt. »Es war eine spontane Idee. Mir ist nichts Besseres eingefallen.«

Ela, seufzt: »Also gut. Die Babysachen habe ich allerdings vor unserem Umzug nach Deutschland schon verschenkt. Aber ich werde die Kims mal fragen. Wenn du glaubst, dass ich damit etwas Gutes tun kann. Oder gibt es einen anderen Grund?« fragt sie, rückt etwas von ihm ab und schaut ihn prüfend von der Seite an.

»Nein. Selbstverständlich nicht«, erwidert Jakub.
»Es ist einfach …, dass sie auch als Mutter sehr per-
fektionistisch zu sein scheint und dabei ist, sich zu
übernehmen, nach dem, was meine Mitarbeiter erzählen. Außerdem sorgt sie sich um ihre Zukunft.
Vielleicht könnt ihr euch ja mal in einem Café treffen.«

Ela ist entrüstet:

»Noch etwas? Du weißt, dass ich auch versuche,
Beruf und Familie miteinander zu vereinbaren. Ich
habe übrigens wenig Hoffnung, dass ich wirklich etwas bewirken kann, wenn sie so eine feste Vorstel-
lung von ihren Aufgaben hat.«

»Ja, das ist zu befürchten. Aber nett wäre es trotzdem, wenn du mal Kontakt aufnehmen könntest. Auf
alle Fälle übernehme ich morgen den Großeinkauf
und koche am Abend.«

»Das ist ein Deal«, sagt sie versöhnlich und legt
ihre Hand auf die seine, während sich ihre Augen
kurz begegnen.

»Tagesthemen?« fragt Jakub und greift nach der
Fernbedienung.

»Ja. Zeit für die Tagesthemen«, stimmt Ela zu.

Er fühlt sich nach ihrem Gespräch besser, obwohl
er Ela nicht alles gesagt hat. Hat sie es gemerkt? Der
arme Rahul. Wie qualvoll für ihn. Jakub fühlt mit ihm,
aber er will kein Unglück. Stattdessen wieder einmal
süßer Schmerz. Das ist die Liebe. Okay, sie war von
jeher mehr Schmerz als süß. Trotzdem kann er damit
leben. Er hat viel. Ela und die Kinder sind sein Zuhause. So wie es jetzt ist, ist es gut. Es ist wahr, als

junger Mann hat er sich nicht nur einmal unsterblich verliebt. In Andrzej damals an der Uni in Danzig. Sie trafen sich manchmal heimlich. In der Öffentlichkeit waren sie einfach nur gute Freunde. Das war schwierig genug. Tatuś, Mamusia – es hätte ihnen das Herz gebrochen. Vielleicht hat sie geahnt, dass ich anders war. Natürlich stellte sie immer wieder die Frage nach seinem Liebesleben. Eine Partnerin gehöre doch auch zu einer guten Zukunft. Sein Forschungsstipendium in den USA war die Erlösung. Alle haben ihm zu seinem beruflichen Erfolg gratuliert. Dafür haben seine Eltern auch die räumliche Distanz hingenommen. Dann die Berufung auf den Lehrstuhl in Deutschland. Bevor er die Stelle antrat, hat er Ela geheiratet. Inzwischen haben sich seine Eltern damit abgefunden, dass er keine eigenen Kinder haben wird. Dass er sie nur zweimal im Jahr besucht – die Arbeit. Er kann Rahul verstehen. Er hat es einfach nicht mehr ausgehalten. Die angestauten Gefühle. Wie es ihm wohl jetzt geht?

Viertes Kapitel

Oktober 2000

Maximilian und Sabrina stehen in der Mitarbeiterküche im Gespräch miteinander, beide mit einer Kaffeetasse in der Hand. Nacheinander kommen zuerst Fatima und dann Alastair herein. Fatima füllt den Wasserkocher, während Alastair sich eine Tasse Kaffee herauslässt.

Sabrina wendet sich an Alastair: »Weißt du, was mit Rahul los ist?«

»Er hat mir geschrieben, dass er krank ist«, berichtet Alastair. »Eine schwere Erkältung, wohl schon seit Freitagabend.«

»Der Arme«, sagt Fatima mitleidig. »Ich fühle mich auch angeschlagen. Wahrscheinlich geht gerade ein Virus um.«

»Ja. Deshalb ist es gut, dass er zu Hause bleibt«, bemerkt Alastair. »Wegen der Ansteckungsgefahr. Teresa ist wahnsinnig ängstlich, dass Georgie krank werden könnte.«

Sabrina ignoriert den Themenwechsel:

»Als ich Rahul zum letzten Mal gesehen habe, am Freitagnachmittag, kam er ganz aufgewühlt aus Herrn Feldmanns Büro«, erzählt sie. »So habe ich ihn noch nie gesehen.«

»Ach Sabrina. Du hast eine Neigung zum Dramatisieren«, wendet Maximilian ein. »Was hast du dir denn jetzt wieder ausgedacht?«

»Ich glaube nicht, dass Rahul Frauen mag«, sagt sie.

»Wie jetzt?« fragt Alastair.

»Nicht so wie ihr, jedenfalls«, gibt Sabrina zurück. Sie schaut Alastair und Maximilian an. »Oder könnt ihr euch vorstellen, dass er sich in Fatima oder in mich verliebt?«

Aus dem folgenden von gelegentlichem Lachen unterbrochenen Gemurmel entnimmt sie, dass ihre Kollegen verblüfft sind und ein bisschen amüsiert.

Alastair schüttelt den Kopf:

»Man muss sich doch nicht unbedingt in Kolleginnen verlieben. Und bei Fatima hat die Arbeit sowieso Vorrang, oder?« fügt er mit einem schelmischen Seitenblick auf diese hinzu.

Fatima nickt zustimmend.

»Er ist sehr nett, aber ich bin froh, dass kein Funke überspringt.«

Sabrina wird ungeduldig.

»Ihr wisst schon, was ich meine«, drängt sie.

»Willst du damit sagen, er sei homosexuell? Come on. Er ist einfach anders, weil er Brahmane ist. Du hast ja gehört, dass die Eltern bei der Partnerwahl mitbestimmen«, sagt Alastair.

»Du meinst, dass seine Eltern ihm am Freitagnachmittag in einer E-Mail mitteilten, dass sie eine Partnerin für ihn ausgewählt haben«, bemerkt sie spöttisch. »Dann ist er zu seinem Chef ins Büro gegangen und hat ihm davon erzählt. Die Nachricht hat ihn so fertig gemacht, dass er krank geworden ist. Und Herr Feldmann war auch schockiert. Irgendetwas hat ihn aus der Fassung gebracht, denn er ist auch früher nach Hause gegangen als sonst.«

»Ja, sie hat nicht ganz unrecht«, vermittelt Maximilian. »Mit Herrn Feldmann war etwas am Freitag. Aber es macht keinen Sinn, weiter zu spekulieren. Es geht uns ja schließlich auch nichts an. Ihr werdet sehen. Am Mittwoch ist Rahul wieder in alter Frische hier. Ich habe übrigens noch zu tun«, sagt er und geht zur Tür.

Fast alle folgen seinem Beispiel. Nur Fatima bleibt zurück. Als die anderen verschwunden sind, sucht sie Alastair in seinem Arbeitszimmer auf.

»Kann ich dich einen Moment sprechen?« fragt sie.

»Ja, klar«, antwortet er, wobei er sie fragend anschaut.

»Hast du Teresa erzählt, wo du am Freitagnachmittag noch warst?« erkundigt sie sich.

»Was willst du damit sagen?« gibt Alastair zurück.

»Ich habe mitbekommen, wie du mit Sabrina zusammen das Gebäude verlassen hast«, erklärt Fatima.

»Ich war so müde, dass ich nicht mehr arbeiten konnte«, rechtfertigt sich Alastair. »Wir waren nur kurz irgendwo etwas trinken.«

»Und Teresa sitzt zu Hause mit Georgie?« fragt Fatima entrüstet.

»Come on, Fatima. Ausnahmsweise«, fleht Alastair, um ihr Verständnis werbend. »Außerdem warst du ja gerade zu Besuch. Das hat ihr übrigens richtig gut getan, ergänzt er ausweichend und mit neuem Selbstvertrauen.«

»Und? Hast du es ihr erzählt?« hakt Fatima nach.

Alastair schaut hochmütig an ihr vorbei und schweigt. Fatima dreht sich wortlos um und geht den Gang entlang in ihr Arbeitszimmer.

Lebensgefährten

Jakub ist gerade von der Arbeit nach Hause gekommen. Er hängt seinen Mantel an die Garderobe, stellt seine Aktentasche ab und geht gleich in die Küche, wo Ela damit beschäftigt ist, auf einem Holzbrett Gemüse zu schneiden. Als er sie begrüßt, dreht sie sich nach ihm um.

»Hallo, Jakub. Wie war dein Tag?« fragt sie

»Gut«, entgegnet Jakub. »Ich habe überraschend schon ab Mittwoch eine Vertretung für Frau Lohr bekommen, Frau Otto, die schon einmal für mich gearbeitet hat. Sie kennt sich aus und kann sich schnell einarbeiten. Sie ist motiviert und sehr selbstständig.«

»Das klingt ja gut«, bemerkt Ela.

»Ja. Allerdings ist sie auch wesentlich lebhafter als Frau Lohr«, ergänzt Jakub lächelnd. »Sehr gesellig. Sie kennt jeden in der Fakultät und jeder kennt sie. Alle, die ins Sekretariat kommen, zieht sie in ein Gespräch.«

Er lacht.

»Und bei dir?« fragt er.

»Bei der Arbeit nichts Besonderes, aber ich habe Teresa Rinaldi angerufen und sie gefragt, was sie

braucht«, erzählt Ela. »Wir treffen uns am Mittwoch-
nachmittag um fünfzehn Uhr dreißig im Café in der
Au. Susanne Kim hat mir Kinderkleidung herausge-
sucht: ein paar Bodys und Hosen, Pullis, Strumpfho-
sen und einen Anorak für den Winter. Wirklich
schöne Sachen. Die kann man immer brauchen. Teresa wird sich sicher freuen.«

»Vielen Dank, dass du das auf dich genommen
hast«, sagt Jakub erleichtert.

»Jetzt, wo ich deinen Wunsch erfüllt habe, möchte
ich aber auch wissen, was am Freitag an der Uni wirklich los war«, fordert Ela.

»Könnten wir bitte damit warten, bis die Kinder
im Bett sind?« fragt Jakub flehentlich.

»Ist es so ernst?« fragt Ela mit einem prüfenden
Blick. Ihre Augen begegnen sich. Er sieht auf einmal
müde aus, aber auch traurig.

»Kein Problem«, sagt sie beruhigend.

Nach dem gewohnten Gutenachtritual in den Kin-
derzimmern — tatsächlich ein großer, provisorisch in
zwei Hälften geteilter Raum — setzt sich Ela ins
Wohnzimmer, während Jakub in der Küche Tee auf-
brüht. Ihm ist mulmig zu Mute. Er hat Angst davor,
wirklich alles zu erzählen. Schließlich stellt er die Tee-
kanne, die zwei Tassen, den Zucker und eine Schale
mit Keksen auf ein Tablett und trägt sie ins Wohnzimmer. Ela sitzt auf der Couch, der Länge nach, die
Beine mit Hilfe eines Kissens hochgelegt, so wie sie es
am liebsten mag. Nachdem er seine Schätze auf dem
Sofatisch abgeladen hat, setzt er sich in seinen Sessel
und gießt Tee in beide Tassen ein.

»Ingwer-Orange«, sagt er mit gequältem Lächeln. Es ist ihr Lieblingstee. Während sie die ersten Schlucke trinken, sagt keiner etwas.

»Ja«, seufzt er schließlich in dem Gefühl es nicht länger aufschieben zu können.

»Am Freitag saß ich in meinem Büro, als Rahul Sabharwal hereinkam, du weißt schon, der Mitarbeiter aus Indien, ein ruhiger, sehr intelligenter Mann, hoch motiviert. Ich ahnte schon etwas, als er die Tür hinter sich zumachte. Aber scheinbar wollte er mich nur an mein Versprechen erinnern Teresa zu helfen.«

»Das ist ja sehr nett von ihm, wirft Ela ein. »Wie schön, dass deine Mitarbeiter sie nicht mit ihren Sorgen allein lassen wollen.«

»Ja«, sagt Jakub. »Manche von ihnen kümmern sich rührend, auch Fatima.«

Jakub nimmt seine Tasse vom Tisch und hält sie zwischen seinen Händen. Er zwingt sich ruhig zu atmen, den Blick auf die bernsteinfarbene, aromatische Flüssigkeit gerichtet und fährt schließlich fort.

»Dann brach es aus Rahul heraus, dass er mich liebt«, sagt er leise ohne aufzublicken in die Stille hinein.

»Und du?«, fragt Ela. »Bist du in ihn verliebt?«

Jakub spürt ihre innere Anspannung.

»Ich möchte, dass alles so bleibt, wie es ist«, sagt er fast unhörbar und fügt mit überströmendem Gefühl hinzu: »Zugegeben, ich empfinde etwas für ihn, aber ihr seid mein Leben! Außerdem ist eine Beziehung zu einem Mitarbeiter unvereinbar mit meiner Position. Das habe ich ihm auch gesagt.«

»Hast du ihm gesagt, dass du ihn auch liebst?«
fragt Ela.

Darauf Jakub:

»Nein, aber er ist sich sicher. — Was ist Liebe?!«
bricht es aus ihm heraus. »Ich bin vielleicht ein bisschen verliebt, aber ich liebe ihn nicht so, wie ich euch
liebe. Keine Sorge. Alles wird so bleiben, wie es war.«

»Ist es dann nicht seltsam, wenn ihr euch am Lehrstuhl begegnet?« fragt Ela.

»Er war heute krank«, erwidert Jakub, Ela dabei
vielsagend anschauend.

»Der arme junge Mann!« ruft diese aus.

»Haben wir das nicht alle schon erlebt?« fragt
Jakub. »Dass wir unsere Liebe nicht leben können?!«

Er steht auf, setzt sich zu ihr auf die Sofakante und
küsst sie auf die Wange.

Aber damit sind nicht alle Probleme aus der Welt
geräumt. Heute hat er Sabrina gesagt, dass er noch
keine Zeit für ihren Essay hatte, dass ihm etwas da-
zwischen gekommen sei und dass sie sich noch gedul-
den solle. Tatsächlich möchte er ihn sich noch einmal
genauer anschauen. Er ist sich fast sicher, dass er einige Stellen darin schon einmal gelesen hat, im gleichen Wortlaut, möglicherweise in einem Paper aus
dem eigenen Team. Morgen hat er allerdings keine
Zeit. Ein Sitzungsmarathon. Er seufzt.

Tränen

Alastair hatte früher als sonst seinen Arbeitstag beendet, um Teresa zu helfen und später etwas Gutes zum Abendessen zu kochen. Als er nach Hause kommt, steht der Kinderwagen jedoch nicht im Flur hinter der Haustür. Teresa und Georgie sind wohl unterwegs, einkaufen oder spazieren. Im Wohnzimmer liegt die Babydecke auf dem Fußboden mit ein paar verstreuten Spielsachen darauf. Das Kinderbettchen steht vor dem Fenster wo früher der Schreibtisch war. Den Schreibtisch konnten sie im Schlafzimmer unterbringen. Noch geht es gerade so mit dem Platz, aber in absehbarer Zeit bräuchten Sie auf jeden Fall drei Zimmer. Bei den Mietpreisen würde es nicht leicht sein, etwas Schönes und Bezahlbares zu finden. Jetzt hört er Schritte und Geräusche am Türschloss. Das werden sie sein.

Er öffnet die Tür von innen und nimmt Teresa den Kinderwagenaufsatz ab. Georgie schläft.

»Wir waren noch eine Runde spazieren«, erklärt Teresa nach der Begrüßung. »Du bist heute früher als sonst zu Hause.«

»Ja. Ich wollte dich überraschen«, erklärt er.

Auf seine Frage, wie es ihr ergangen sei, berichtet sie von ihrem Tag:

»Georgie kann sich jetzt vom Rücken auf den Bauch drehen«, erzählt sie freudig. Einen Mittagsschlaf habe er allerdings nicht gemacht. Ob das die ersten Zähne sind? Erst vorhin als sie mit ihm draußen war, ist er eingeschlafen.

»Das bedeutet nichts Gutes für die Nacht.«
Alastair sagt es, und sie lächeln sich müde an. Sie haben sich aufs Sofa gesetzt, Georgie, noch schlafend, zwischen sich.

Nun steht Alastair auf, nimmt den Kinderwagenaufsatz, bittet Teresa, ein Stück in seine Richtung zu rücken und stellt dann das Baby auf ihre andere Seite. Jetzt kann er sich neben Teresa setzen. Er legt den Arm um sie und sagt, wie er es in der letzten Zeit immer wieder getan hat:

»Wir schaffen das schon. Mit der Zeit wird er besser schlafen. Übrigens«, bemerkt er. »Rahul war heute krank. Das erste Mal seit ich ihn kenne. Schon am Freitagnachmittag war er nicht gut drauf. Vielleicht täusche ich mich aber auch. Ich war nach dem Mittagessen besonders müde. So sehr, dass ich an meinem Schreibtisch eingeschlafen bin.«

Sie schaut ihn lächelnd an: »Oh, das hast du mir ja noch gar nicht erzählt.«

Er lächelt zurück und küsst sie auf die Lippen.

»Ich habe nicht mehr daran gedacht«, erwidert er. Er kann ihr jedoch dabei nicht in die Augen schauen.

»Okay«, ergänzt er schnell. »Ich habe dir nicht alles erzählt, aber du brauchst dir deswegen wirklich keine Sorgen zu machen.«

Er berichtet, dass Sabrina ihn aufweckte und ihn zu dem Pub führte, den sie mitgestaltet hatte. Von Sean und dem Pubschild, das sie für den *Happy Skipper* entwarf. Und von ihrer Passion für die Innenarchitektur, von ihrem Plan, nach ihrer Promotion nicht weiter in der Forschung zu arbeiten.

»Zwischendrin wünschte ich, ich wäre nicht mitgegangen«, sagt er, »aber so habe ich auch etwas Interessantes herausgefunden.«

Teresa folgt seinem Bericht mit gemischten Gefühlen. Einerseits beruhigt sie seine Erklärung, dass es die vertraute Neugier war, die ihn bewog, Sabrina zu dem Pub zu begleiten. Andererseits regen sich in ihr die verdrängten Ängste vor Sabrinas Ausstrahlung. Seine Aufrichtigkeit ermutigt sie jedoch, ebenfalls offen zu sein. Sie gesteht ihm, dass sie sich nie sicher sein könne, ob er mit Sabrina flirtet und erzählt ihm von ihrer nagenden Eifersucht.

»Du erinnerst dich doch an die Party, mit der wir die Verlängerung unseres Projekts feierten«, sagt sie während Traurigkeit in ihr aufwallt.

»Das Haar auf ihrem Ärmel«, schluchzt sie. Tränen kullern über ihre Wangen.

»So hat es mit uns doch auch angefangen«, bringt sie mühsam hervor.

Wortlos drückt er sie an sich, und sie schmiegt sich an ihn. Der ganze Kummer, den sie so lange mit sich herumgetragen hat, strömt aus ihr heraus. Er küsst ihre Wangen, wieder und wieder und spürt dabei ihre salzigen, warmen Tränen auf seinen Lippen und seiner Zunge.

»Ich liebe dich«, gelobt er. »Ich bleibe bei dir«.

Schließlich legt er seine Hand an ihre Wange und fragt:

»Hast du deswegen so große Angst davor, Georgie mit einem Babysitter allein zu lassen, Resa?« fragt er schließlich leise. Sie liebt diese Koseform ihres Namens, die nur er verwendet.

Noch immer unter Tränen nickt sie wortlos. Er reicht ihr lächelnd ein Taschentuch.

»Niemand wird dich eine schlechte Mutter nennen oder mich einen schlechten Vater, wenn wir uns Unterstützung holen«, sagt er. »Du musst dich schonen, Resa. Wenn du dich kaputtmachst, hat niemand etwas davon.«

Sie nickt wieder und lehnt ihre Wange gegen seine Hand.

Da hören sie ein Rascheln im Kinderwagenaufsatz neben ihnen, dann einen gedehnten Laut, der entfernte Ähnlichkeit mit einem Elektrorasenmäher hat. Die Beiden erstarren und lauschen.

»Bwwwwwwwww, bwwwwwwwww«, erklingt es.

Es ist Georgie, der dieses Geräusch mit seinen Lippen produziert. Sie lachen, drehen sich zu ihm hin und beobachten ihn glücklich.

Versuchung

Am nächsten Tag ist Rahul zurück an seinem Arbeitsplatz. Er wirkt noch angeschlagen, bemüht sich aber, sich dies nicht anmerken zu lassen. Nach der Mittagspause lässt Sabrina ihre Tür bewusst offen. Sie wartet ab, bis Alastair nach Hause gegangen ist. Dann klopft sie an Rahuls halb offene Tür und bittet ihn, ihr mit einem Computerproblem zu helfen. Bereitwillig geht er mit ihr. Nachdem er ihr gezeigt hat, was sie tun muss und gewartet hat, bis sie selbstständig weiterkommt, lädt sie ihn auf eine Tasse Kaffee in der Mitarbeiterküche ein. Während sie mit ihren Tassen in der Hand gegen die Arbeitsfläche lehnen, gerät ihr Gespräch, das sich bisher um fachliche Fragen drehte, ins Stocken, eine Gelegenheit für Sabrina, es auf die persönliche Ebene zu lenken.

»Wie geht es dir denn?« fragt sie.

»Ich bin noch nicht hundertprozentig fit«, erwidert Rahul.

Sie hakt nach: »Warum bist du dann heute nicht nochmal zu Hause geblieben, um richtig gesund zu werden?«

Rahul antwortet nicht.

Nach einer kurzen Pause bemerkt Sabrina: »Übrigens, ich habe dich am Freitag gesehen, als du aus Professor Feldmanns Büro kamst. Du warst ganz außer dir. War denn etwas? Du hast mich gar nicht beachtet.«

»Es war nichts«, sagt Rahul mit verschlossener Miene. »Nur eine Meinungsverschiedenheit.«

»Du magst den Chef, stimmt's?« fragt Sabrina. »Und er hat dich abblitzen lassen.«

»Sabrina, das geht dich gar nichts an«, erwidert Rahul abweisend.

Er steht auf und macht einen Schritt Richtung Tür.

Aber Sabrina lässt nicht nach:

»Ist er wirklich gay?« fragt sie.

Rahul verlässt den Raum ohne sie einer Antwort zu würdigen.

Ein Lichtblick

Als Ela die Tür des *Café in der Au* aufschiebt, ist es schon ein bisschen nach halb vier. Sie schaut sich um. In der Ecke am Fenster sieht sie eine Frau mit einem Kinderwagen neben sich. Das muss Teresa sein. Das Baby sitzt auf ihrem Oberschenkel und schwenkt einen Teelöffel in einer Hand. Es schaut Ela mit großen, klugen Augen an, während sie sich vorstellt und ihnen gegenüber Platz nimmt.

»Ich bin Ela Feldmann«, Professor Feldmanns Frau, sagt sie.

»Hallo Frau Rinaldi, hallo Georgie.«

Sie lächelt das Baby an. Dann wendet sie sich wieder Teresa zu.

»Schön, Sie kennen zu lernen. Er ist ja schon richtig groß. Und wie aufmerksam er schaut.«

Teresa sagt nervös:

»Ich hatte Angst, Sie zu verpassen. Deshalb bin ich zu früh gekommen und habe mir schon einen Tee bestellt.«

»Bevor ich es vergesse«, sagt Ela. »Ich habe noch ein paar schöne Sachen für Sie gefunden. Für die nächsten Monate.«

Sie reicht Teresa die große Tragetasche. Diese schaut hinein und ruft freudig aus:

»Wie schön! Vielen herzlichen Dank. Und sogar ein Paar Schuhe! Das ist so freundlich von Ihnen.«

»Wie geht es Ihnen denn?« fragt Ela.

»Georgie bekommt gerade seine ersten Zähne«, erzählt Teresa mit einem zärtlichen Blick auf ihn. »Tagsüber lässt er sich mit Spielsachen ablenken, oder er schaut mir zu, wenn ich in der Küche oder im Haushalt arbeite. Dabei spielt er mit seinem Rasselring und kaut immer wieder darauf herum. Wenn wir rausgehen ist er auch zufrieden. Nur nachts wacht er mehrmals auf. Wenn wir ihn auf den Arm nehmen, beruhigt er sich sofort, aber sobald wir ihn hinlegen, quengelt und schreit er wieder. Alastair und ich wechseln uns ab. Trotzdem sind wir mittlerweile beide ziemlich übermüdet.«

»Das ist anstrengend«, sagt Ela mitfühlend. »Ich werde nie vergessen, wie es bei meinen Kindern war. Aber es wird irgendwann besser. Bestimmt. — Wahrscheinlich hören Sie das immer wieder.«

»Ja. Das sagen meine Eltern auch.«

»Sie sind aus Italien, nicht wahr?« erkundigt sich Ela.

»Nicht wirklich«, erklärt Teresa. »Meine Eltern sind vor meiner Geburt nach Deutschland gezogen. Mein Vater wurde als Gastarbeiter angeworben. Aber meine Großeltern und einige Onkel und Tanten leben in Neapel.«

»Und Ihr Mann?« fragt Ela.

»Er ist Engländer. Seine Eltern leben in Richmond bei London. Wir sind aber noch nicht verheiratet.«

»Schade, wenn die Eltern so weit weg wohnen«, meint Ela. »Es tut beiden Seiten gut, wenn sie ab und zu einmal aushelfen können. Und wie geht es Ihnen? Sie sind sicher den größten Teil des Tages allein mit Ihrem Baby.«

»Ja«, bestätigt Teresa. »Es ist nicht einfach. Inzwischen kenne ich einige Mütter aus unserem Wohnviertel. Wir treffen uns einmal in der Woche mit den Kindern. Aber am Anfang habe ich mich manchmal furchtbar einsam gefühlt. Ich war ja gewohnt, jeden Tag zu arbeiten, hauptsächlich mit meinem Kopf. Daten auswerten, Essays schreiben, Seminare vorbereiten. Jetzt fehlt mir die Zeit, um mich in Ruhe auf etwas Fachliches konzentrieren zu können. Mein Gehirn funktioniert auch nicht so gut wie früher. Deshalb habe ich Angst, nach der Erziehungszeit nicht mehr fähig zu sein, wieder in der Wissenschaft zu arbeiten.«

»Das kann die Hormonumstellung sein, zusammen mit dem Schlafmangel«, erklärt Ela. »Keine Sorge, das wird wieder.«

Und nach einer kurzen Pause:

»Wollen Sie denn über Ihre berufliche Zukunft reden?«

Teresa schaut sie fragend an.

»Ich meine, würden Sie denn gerne bald wieder einsteigen, zum Beispiel wenn Georgie ein Jahr alt ist?« erkundigt sich Ela.

»Ich weiß nicht«, sagt Teresa unsicher. »Einerseits ja, sehr gerne. Dann wird meine Stelle am Lehrstuhl nicht neu besetzt. Andererseits: ist das denn nicht viel zu früh?«

»Vielleicht ließe sich eine Kinderbetreuung für Georgie organisieren«, meint Ela behutsam. »Ich kenne eine nette Frau mit polnisch-deutschem Hintergrund, die als Tagesmutter arbeitet.«

Sie erzählt Teresa ein bisschen von ihr und verspricht, wenn es soweit ist, beim ersten Kennenlernen dabei zu sein. Teresa wird darüber nachdenken und sich mit Alastair beraten. Sie schreibt sich die Telefonnummer und E-Mailadresse von Elas Freundin auf.

»Wenn Sie Fragen haben, dürfen Sie mich gerne anrufen«, schließt Ela und reicht ihr ihre Visitenkarte, auf der sie in Handschrift ihre Privatnummer hinzugefügt hat. Ich arbeite bei einer psychologischen Beratungsstelle«, sagt sie.

Als sie sich vor dem Café trennen, fühlt sich Teresa leichter und optimistischer. Sie beschließt, noch am Lehrstuhl vorbeizuschauen und ihre Kolleginnen und Kollegen zu besuchen. Ein Blick auf ihr Handy sagt ihr jedoch, dass es schon halb fünf ist. Sie hofft trotzdem, wenigstens noch Alastair dort zu treffen.

Am Freitagnachmittag um vierzehn Uhr hat Jakub einen Termin mit Sabrina zur Besprechung ihrer Arbeit. Deshalb ist es ihm wichtig, seine Mittagspause kurz zu halten, damit er sich danach noch in Ruhe auf das Gespräch vorbereiten kann. Er hat keinen Appetit und isst nur einen Salat.

Pünktlich um zwei klopft es an seiner Bürotür. Er bietet Sabrina einen Platz an dem kleinen Besprechungstisch in der Ecke an und leitet das Gespräch mit ein paar allgemeinen Fragen zu Sabrinas bisheriger Zeit am Lehrstuhl ein. Dann kommt er mit einem inneren Seufzer auf ihren Essay zu sprechen.

»Ihre These, das Inhaltsverzeichnis und der Aufbau sind vielversprechend«, erläutert er, »aber einige zentrale Passagen sind tatsächlich wörtliche Zitate aus anderen Werken«.

Er öffnet den Papphefter und hält ihn vor sie hin, während er umblättert und ihr dabei die angestrichenen Abschnitte zeigt.

»Es ist mir aufgefallen, weil eines davon aus einem Aufsatz von Maximilan Schneider stammt.«

»Das wusste ich nicht«, sagt Sabrina scheinbar betroffen.

Jakub klärt sie ungläubig auf:

»Sie mussten doch bei Ihren bisherigen Arbeiten und vor allem bei Ihrer Magisterarbeit auf die richtige Zitierweise achten. Es geht aber nicht allein darum.

Ein guter Essay besteht nicht aus einer Folge von Zitaten. Es kommt darauf an, auf der Basis der Quellen eine eigene Perspektive zu entwickeln.«

Sabrina senkt den Kopf während Jakub mit Missbilligung in der Stimme fortfährt:

»Ich nehme immer noch an, dass Sie die Anforderungen kennen. Warum haben Sie sich trotzdem nicht daran gehalten?«

»Ich war unter Zeitdruck«, erklärt Sabrina leise mit gesenktem Blick. »Ich konnte die zitierten Aufsätze zwar lesen und exzerpieren, aber meine These nicht mehr wirklich ausarbeiten.«

»Gut. Man könnte das als ersten Versuch betrachten, aber ich habe mir auch Ihre Magisterarbeit angeschaut und darin ebenfalls verdächtige Stellen gefunden«, legt Jakub nach. »Ich werde sie zur Prüfung an Ihre ehemalige Universität schicken.«

»Nein. Bitte machen Sie das nicht«, bittet Sabrina und schaut Jakub flehend an.

»Dann geben Sie zu, dass Sie plagiiert haben?« hakt Jakub nach.

»Nein. Das habe ich nicht getan«, wehrt Sabrina kläglich ab.

Jakub schaut auf die Mappe in seinen Händen und schüttelt den Kopf. Dann sagt er mit fester Stimme:

»Ich gebe Ihnen weitere drei Wochen für Ihren Aufsatz. Ist das ausreichend? Ihre Magisterarbeit kann ich noch immer prüfen lassen. Das behalte ich mir vor. Wenn Sie sich keiner Schuld bewusst sind, haben Sie ja nichts zu befürchten.«

»Danke«, sagt Sabrina demütig.

»Dann ist das ja geklärt«, bestätigt Jakub kurz angebunden.

Er steht auf und öffnet für sie die Tür. Es macht ihn wütend, wenn jemand derart aus anderen Arbeiten kopiert und das Resultat als eigene Leistung ausgibt.

Fünftes Kapitel

November 2000 bis Mai 2001

Die Schrift an der Tür

Als Jakub am Freitagmorgen vor seinem Büro ankommt, fällt ihm sofort die Schrift an seiner Tür auf. Jemand hat dort mit Kreide einen Penis hingezeichnet, dazu in großer Schrift die Worte *He is Gay!* mit einem Smiley im a. Sofort holt er ein Papiertaschentuch aus seiner Manteltasche und wischt über die Skizze. Sie ist nun zwar verschmiert, aber immer noch lesbar. Mit zitternden Händen schließt er die Tür auf und lehnt seine Tasche ans Tischbein. Dann hastet er zur Toilette, reißt Papier ab, macht es nass und öffnet wieder die Tür zum Gang. Schon zu spät. Als er auf dem Rückweg ist, steht Frau Otto, die Sekretariatsvertretung, die seine eiligen Schritte gehört hat, in ihrem Türrahmen und fragt:

»Was ist denn los, Herr Feldmann. Ist etwas passiert?«

Sie folgt ihm ungebeten, als er wortlos an ihr vorbeistürmt und erkennt gerade noch das Wort *Gay* an seiner Tür, bevor er es auslöschen kann.

»Eine Schmiererei«, bemerkt sie in ihrem bayrischen Akzent. »Wie schrecklich! Ich hol noch einen ordentlichen Lappen.«

Sie watschelt in die Küche und erscheint kurz darauf wieder vor Jakubs Bürotür.

Nachdem sie die Tür zuerst mit einem nassen, dann mit einem trockenen Tuch streifenfrei gewischt hat, stutzt sie plötzlich und sagt missbilligend:

»Aber Herr Professor Feldmann. Wir haben einen Fehler gemacht. Wir hätten das wenigstens fotografieren sollen. Für eine Anzeige bei der Universitätsleitung oder sogar bei der Polizei.«

Jakub geht nicht darauf ein.

»Vielen Dank fürs Putzen, Frau Otto«, sagt er äußerlich gelassen, während er noch einmal auf den Gang hinaustritt, um sich das Ergebnis ihrer Bemühungen anzuschauen.

Sie ist immer noch ganz aufgeregt. Inzwischen ist Maximilian vom Treppenhaus hereingekommen. Als er die Tür zu seinem Büro aufschließt, wendet sich Frau Otto an ihn:

»Stellen Sie sich amal vor. Da war eine Schmiererei an Herrn Feldmanns Tür. Irgendwas mit *Gay*. Also so eine Unverschämtheit. I geh glei amal los und schau, ob bei den Anderen auch so was is.«

»Beruhigen Sie sich, Frau Otto, und bleiben Sie bitte hier«, wendet Jakub mit schwacher Stimme ein, aber sie hört es schon nicht mehr. Sie sorgt dafür, dass alle es erfahren, denkt er entsetzt.

Er zuckt zusammen, als Maximilian Schneider unvermittelt neben ihm steht.

»Alles in Ordnung, Herr Feldmann?« fragt er.

»Natürlich nicht«, erwidert Jakub mit einem Anflug von Sarkasmus. »Aber danke der Nachfrage.«

»Haben Sie eine Idee, wer das gewesen sein könnte?« fragt Maximilian.

»Nein«, sagt Jakub ohne Nachzudenken. »Vergessen wir's. *He is gay* stand da. Es ist ja nichts Schlimmes.« Die Skizze des Penis verschwieg er.

»Und wenn es sich wiederholt?« hakt Maximilian nach.

Jakub wiegelt entschieden ab.

»Da hat sich jemand einen Streich erlaubt«, beschwichtigt er. »Dieses Mal hat es eben mich getroffen. Lassen Sie uns an unsere Arbeit gehen. Ich muss mich auf eine Sitzung vorbereiten.«

Sie verabreden sich noch zum Mittagessen. Dann gehen beide in ihr Büro zurück. Jakub widersteht einem Impuls, die Tür zu schließen. Alles soll so sein wie immer. Sicher wird Frau Otto gleich von ihrer Erkundungstour zurückkommen. Tatsächlich taucht sie wenig später vor seiner Tür auf, um ihm zu berichten, dass er der einzige mit Gekritzel an der Tür war.

Jetzt wissen es alle, denkt er. Die Schrift an der Wand. Das Menetekel.

Abgang

Nach dem Mittagessen in der Mensa, betritt Jakub sein Büro. Er hat den Tag bisher gut überstanden, auch wenn es ihn viel Kraft kostete, auf die besorgten Nachfragen seiner Kollegen mit der gebotenen Leichtigkeit zu reagieren. Der Rektor bat ihn sogar zu einem kurzen Gespräch, in dessen Verlauf er vorschlug, den Vorfall untersuchen zu lassen. Jakub sprach sich nachdrücklich dafür aus, die Sache erst einmal auf sich beruhen zu lassen, so lange keine Wiederholung eintritt. Die Spuren seien ja unglücklicherweise verwischt worden. Ein schlagendes Argument.

Gleich hat er noch einen Termin mit Sabrina. Vor ein paar Tagen hat sie pünktlich die neue Version ihres Aufsatzes abgegeben. Tatsächlich klopft es jetzt an seine Tür. Unter ihrem offenen schwarzen Jackett ist die Karikatur eines markanten Männergesichts mit stachelig abstehenden feuerroten Haaren und einer blauen Kapitänsmütze zu sehen. Darunter steht kunstvoll in einer alten Schrift: *The Happy Skipper*.

Jakub steht auf und bittet sie, in der Besprechungsecke Platz zu nehmen. Nach ein paar freundlichen einleitenden Bemerkungen sagt er anerkennend:

»Ich freue mich, dass Sie die Kurve gekriegt haben.«

Sie lächelt und schaut ihn erwartungsvoll an.

»Das ist das Niveau, das ich von meinen Doktoranden und Doktorandinnen erwarte«, fügt er noch hinzu. »Sehr vielversprechend.«

»Danke, sagt sie. »Ich freue mich, dass Ihnen der Essay gefällt. Trotzdem möchte ich nicht weitermachen.«

Er glaubt, sich verhört zu haben. Nicht weitermachen?

»Mit der Promotion«, meinen Sie, fragt er überrascht nach.

Sie zeigt auf ihr T-Shirt und sagt:

»Das ist es was ich eigentlich gerne mache. Ich habe diese T-Shirts entworfen. Als Werbeartikel für den Pub *The Happy Skipper*. Ich habe auch geholfen, ihn einzurichten. Design ist, was ich wirklich kann und was mich begeistert.«

Jakub ist sprachlos. Er ringt um Worte.

»Das ist schade«, sagt er schließlich ernst. »Es tut mir leid, sie zu verlieren.«

Er schaut sie forschend an.

»Danke für Ihre freundlichen Worte«, sagt sie.

Er erklärt ihr noch, wie sie das Abbrechen ihrer Promotion formal einleiten muss. Schließlich steht er auf, um sie zu verabschieden.

Während sie Hände schütteln, sagt sie unerwartet: »Ich war es nicht.«

Sie schaut ihn dabei offen an. Und als er verblüfft schweigt, ergänzt sie:

»Das Gekritzel an Ihrer Tür. Das ist nicht von mir. So etwas mache ich nicht.«

»Gut, dass Sie es sagen«, murmelt er. Aber er will es dabei belassen und öffnet für Sabrina die Tür.

Während er sie wieder schließt, spürt er, wie seine Beinmuskeln weich werden. Erleichtert sinkt er auf seinen Stuhl in der Besprechungsecke. Der Tag hat doch noch eine positive Wendung genommen, denkt er. Am Vormittag waren seine Gedanken immer wieder zu dem unsäglichen Vorfall abgeschweift. Ja, er hatte sich überlegt, ob jemand vom Lehrstuhl der Täter oder die Täterin gewesen sein könnte, und Sabrina war tatsächlich eine der Hauptverdächtigen. Ihm war manchmal so gewesen, als ob sie ihn beobachtete, und er hatte gedroht, ihre Magisterarbeit prüfen zu lassen. Ein plausibles Motiv. Das hatte er dann allerdings nicht in die Wege geleitet. Vergessen. Sein stressiger

Alltag. Oder hatte er es verdrängt? Seine ewige Gutmütigkeit. Jetzt hat es sich von selbst erledigt. Sabrina würde ein neues Leben beginnen. Wenn sie es dennoch gewesen sein sollte, würden keine neuen Anschläge auf ihn mehr vorkommen.

Bevor er sich auf den Weg nach Hause macht, ruft er noch seine E-Mails ab. Er war den ganzen Tag nicht dazu gekommen und beantwortet jetzt nur die, die sich nicht aufschieben lassen, wie diese hier, die Frau Otto weiterleitete: Ein Mitarbeiter der Studentenzeitung bittet ihn um ein Interview für eine Serie von Professorenporträts. Er hat davon gehört. Sie soll bei den Studierenden beliebt sein. Vielleicht wirkt so ein Einblick in das Leben eines Professors motivierend. Er schlägt Montag um elf Uhr dreißig vor. Fünfundvierzig Minuten bis maximal eine Stunde, denkt er. Er wird sich für meine Karriere und meine Forschung interessieren. Das sollte kein Problem sein. Das kann er aus dem Stehgreif.

Schließlich fährt er den Computer herunter. Er wundert sich, wie fit er trotz der Ereignisse dieses Tages noch ist. Erst als er in der Straßenbahn sitzt, überkommt ihn die Erschöpfung. Jetzt fühlt er sich wie nach einem schwer erkämpften, knappen Sieg beim Fußball. Aber hat er wirklich gewonnen? Er lehnt sich zurück und schließt die Augen.

Als er aussteigt umfängt ihn die kalte Luft des Novembernachmittags. Eine eisige Umarmung. Der Nebel ist hier so dicht, dass die Häuser hinter der nächsten Straßenecke nur als riesige dunkle Schatten vor ihm aufragen. Es ist als würde es gleich Nacht. Ihn fröstelt.

Das Interview

Jakub sitzt in seinem Büro. Sein digitaler Wecker auf dem Schreibtisch zeigt schon elf Uhr fünfunddreißig an, aber der Journalist von der Studentenzeitung ist noch nicht da. Wenn er jetzt mit seiner Post weitermacht, wird er garantiert gleich unterbrochen. Er hasst Unpünktlichkeit. Mangel an Respekt. Unmut steigt in ihm auf.

Als es klopft verfliegt jedoch sein Ärger. Er dreht sich zur Tür, steht auf und begrüßt den großen, mageren jungen Mann, der durch eine Hornbrille mit einem Leopardenfellmuster auf ihn herunterschaut. Er heißt Joachim Federkiel und studiert Germanistik und Politikwissenschaft. Sein Ziel ist es, einmal für eine renommierte überregionale Wochenzeitung zu arbeiten. Jakub findet es interessant, einen Studenten einer anderen Fakultät kennen zu lernen. Er hat sich überlegt, dass das Porträt auch eine Gelegenheit wäre, die Forschung an seinem Lehrstuhl vorzustellen. Federkiel ist aber mehr an persönlichen Informationen interessiert. Sie hätten für später eine extra Serie für die Forschungsprojekte geplant.

Da hat er Jakub auf dem falschen Fuß erwischt. Aber Jakub will zu seiner Zusage stehen, findet auch nichts dabei, dass das Gespräch aufgenommen wird, mit dem Vorbehalt, den Artikel vor der Veröffentlichung prüfen zu dürfen. Aber das war selbstverständlich.

Federkiel fragt zunächst nach Jakubs Laufbahn. Das ist harmlos: Er besuchte ein Gymnasium **in einer Kleinstadt im Südwesten von Polen.** Nach dem obligatorischen Militärdienst begann er sein Studium an der Universität Danzig. Wie gut, dass er Federkiel ein paar unterhaltsame Anekdoten aus dieser Zeit erzählen kann.

»Danzig«, sinniert Federkiel. »Das ist ja spannend! Da waren doch die Streiks Anfang der 80er Jahre. Die Aktionen dieser Gewerkschaft der Werftarbeiter. Solidarität, nicht wahr?«

»Solidarność auf Polnisch«, bestätigt Jakub.

»Sehr spannend«, fährt er fort. »Waren Sie denn damals auch politisch aktiv?«

»Wie viele andere Studierende, die sich mit den Arbeitern solidarisierten, beteiligte ich mich an den Streiks. Ich bewunderte ihren Mut und unterstützte ihre Forderungen nach Reformen, allen voran bessere Arbeitsbedingungen, zuverlässige Versorgung mit Lebensmitteln und mehr Freiheiten. Solidarność setzte sich für die Abschaffung oder wenigstens Einschränkung der Zensur und den Zugang zu den Medien ein. Aufgrund der Machtverhältnisse waren umfassende Menschenrechte und ein Systemwechsel zur Demokratie jedoch ferne Ideale.«

»Waren Sie auch an der Organisation beteiligt?« hakt Federkiel nach.

»Zu den Organisatoren gehörte ich nicht«, gibt Jakub zu. »Ich habe es nicht in mir, ein Aktivist zu sein.«

»Aber ist es nicht eine moralische Pflicht, mit aller Kraft für eine bessere Welt zu kämpfen?« fragt Federkiel.

»Im Nachhinein ist es leicht, Kritik zu üben«, erwidert Jakub. »Wenn man mittendrin steckt, ist es komplizierter. Ich spürte durchaus, dass Menschen, wenn sie sich organisieren und zusammenstehen etwas bewirken können. Zum Beispiel war es ein Erfolg der Proteste von 1980, dass die Gewerkschaft Solidarność von der kommunistischen Regierung anerkannt wurde. Aber Widerstand gegen eine Diktatur ist gefährlich. Die Option, dass die Sowjetunion mit Panzern eingreifen würde, so wie in der Tschechoslowakei 1968 und in Ungarn 1956, stand im Raum. Schließlich war es die polnische Regierung, die das Land unter das Kriegsrecht stellte. Viele Menschen wurden inhaftiert, andere kamen unter mysteriösen Umständen ums Leben. Wissenschaftler, Künstler und andere Intellektuelle wanderten aus.«

»Und Sie?« fragt Federkiel.

»Da ich nicht in der ersten Reihe stand, fühlte ich mich relativ sicher. Sie konnten ja schließlich nicht alle verhaften«, erläutert Jakub. »So entschied ich mich damals zu bleiben und meine Promotion zu Ende zu bringen. Es liegt mir mehr, im Verborgenen zu wirken, so ähnlich wie ein Maulwurf.«

Er lächelt.

»Heißt das, dass Sie ein Spion der Regierung waren?« ruft Federkiel entrüstet aus.

»Nein, natürlich nicht,« erwidert Jakub erschrocken. »Ich beziehe mich auf die Arbeit eines Forschers, die, wenn sie nicht unmittelbar relevant ist, der Öffentlichkeit lange verborgen bleibt. Aber mit viel Engagement und ein bisschen Glück wühlt man sich irgendwann zu einer Erkenntnis vor, die, wenn sie richtig verstanden und angewandt wird, den Menschen zu Gute kommt und ihre Lebensqualität verbessert. Egal ob sie aus den Geistes- oder den Naturwissenschaften stammt.«

»Sie wollten ein wahres Leben im Falschen führen«, wirft Federkiel Jakub vor. Der Philosoph Theodor Adorno hat gefunden, dass das nicht möglich ist.«

Jakub ringt um eine Rechtfertigung. So hat er es bisher nicht betrachtet. Trotzdem. Wenn man nie in einer Diktatur gelebt hat, ist es leicht, idealistisch zu sein.

Aber Federkiel hat das Aufnahmegerät schon ausgeschaltet. In demselben vorwurfsvollen Ton wie zuvor legt er nach:

»Wenn die Wahrheit für Sie so wichtig ist, warum führen sie dann jetzt ein falsches Leben, wenn Sie es gar nicht müssten?«

Jakub wird bleich vor Schreck. Er spürt, wie der Schweiß an seinem Oberkörper ausbricht.

»Warum verheimlichen Sie, dass Sie schwul sind?« hakt Federkiel triumphierend nach.

»Woher kommt plötzlich dieses Gerücht?« fragt Jakub, der sich etwas gefasst hat, zurück.

»Ich habe eine sichere Quelle«, sagt Federkiel mit einem überlegenen Lächeln.

»Kann eine Schmiererei an der Tür eine verlässliche Quelle sein? Das ist doch nur eine Verleumdung!« wendet Jakub verzweifelt ein.

»Meine Quelle ist ein Zeuge«, sagt Federkiel triumphierend. »Selbstverständlich habe ich zugesagt, die Identität nicht zu verraten.«

»Sie dürfen das nicht veröffentlichen«, verlangt Jakub, um eine feste Stimme bemüht.

»Darüber zu schweigen würde nichts bringen. Das Gerücht hat sich schon über ihre Fakultät hinaus verbreitet«, erwidert Federkiel. »Sie können es nicht mehr unterdrücken. Am besten sie treten die Flucht nach vorne an.«

»Was soll ich tun? Mein Privatleben vor allen ausbreiten?« fragt Jakub empört.

Er sieht ein, dass es keinen Sinn hat, weiter zu leugnen. Das würde alles nur schlimmer machen. Die Wahrheit ist besser als wilde Gerüchte. Er muss jetzt ums Überleben reden. Für Ela und die Kinder. Wieviel muss er preisgeben? Er kann immer noch verbieten, dass es veröffentlicht wird.

So kommt es, dass Jakub von seiner, durch seine katholische Familie geprägten Kindheit und seiner Schulzeit im kommunistischen Polen erzählt. Wie er sich das erste Mal in einen Jungen verliebte. Wie er sich quälte, weil er dachte, der Fehler liege bei ihm, dass etwas mit ihm nicht in Ordnung sei. Selbst später an der Uni konnte er sich kaum öffnen. Nur in einem kleinen Kreis von Eingeweihten. Wie er sich eine

Weile heimlich mit einem Freund in einer verlassenen Gegend traf, aber auf Dauer das Doppelleben nicht ertrug. Dazu kamen die Fragen seiner Mutter, ob er denn eine Freundin habe, später ihr Drängen, doch bald zu heiraten.

»Also haben Sie Ihrer Mutter zu Liebe Ihre Frau geheiratet? Und Kinder gezeugt?« fragt Federkiel ungläubig.

Jakub antwortet nicht gleich. Er lässt sich Zeit, um die richtigen Worte zu finden. Da klopft es an seine Tür.

»Ja«, ruft er laut. Der Kollege, Professor Dr. Eisenschmid, mit dem er sich zum Mittagessen verabredet hatte, schaut herein.

»Alles in Ordnung?« fragt er. »Es ist ja ganz ungewöhnlich, dass deine Tür um diese Zeit geschlossen ist«, scherzt er.

Jakub schaut auf seine Armbanduhr. Schon zwölf Uhr dreißig.

»Ich bin gerade in einem Interview mit Herrn Federkiel von der Studentenzeitung«, erklärt er.

»Für das Professoren-Porträt?« erkundigt sich Eisenschmid. »Da bin ich ja mal gespannt. Ich war auch schon dran. Hast du es gelesen?«

Jakub schüttelt den Kopf.

»Gute Sache, diese Serie«, kommentiert Eisenschmid. »Na dann, vielleicht ein andermal.«

Er zieht seinen Kopf zurück und schließt die Tür.

Jakub entschuldigt sich für die Unterbrechung.

»Wo waren wir stehen geblieben?« fragt er. »Ach ja.«

Er berichtet von seiner langen Freundschaft mit Ela, von Elas gescheiterter Ehe und Scheidung. Er, Jakob, war nicht der leibliche Vater der Kinder.

»Sie werden alle denken, ich hätte Ela nur aus Mitleid geheiratet. Das stimmt aber nicht«, erklärt er. »Wir haben uns schon im Dezember 1981 während eines sit-ins kennen gelernt. Sie hat mich bald durchschaut. Vielleicht verstanden wir uns deshalb so gut. Jetzt ist es Liebe.«

Nach dem Systemwechsel 1990 bekam er die Chance seines Lebens: ein Forschungsstipendium an der Yale University. Nach fünf Jahren in den USA wurde er hierher an die Universität berufen. Da Ela nach einer schwierigen Scheidung sehr unglücklich in Polen war, heiratete er sie, um sie und die Kinder mitnehmen zu können. Sie hofften beide auf ein neues, besseres Leben in Deutschland.

»Ich möchte mich nicht von Ela trennen, aber wenn alles an die Öffentlichkeit kommt, wird es eine harte Zerreißprobe. Wie sollen die Kinder das verstehen?« fragt er ratlos.

»Böse Zungen gibt es immer«, beschwichtigt Federkiel. »Aber Sie werden die Herzen vieler Menschen gewinnen, wenn sie von der Geschichte aus Ihrer eigenen Perspektive erfahren.«

»Mir ist nicht wohl dabei, so ins Scheinwerferlicht zu geraten, wendet Jakub ein. »Aber am schlimmsten wäre es, wenn Leo und Anna in der Schule oder im Sportverein darunter leiden müssten. Sie wissen ja, wie Kinder sein können. Die Erwachsenen natürlich genauso. Wann würde der Artikel erscheinen?«

»In der Dezemberausgabe«, antwortet Federkiel. Sie kommt am fünfzehnten Dezember heraus. Der Redaktionsschluss ist Ende nächster Woche.«

»Also pünktlich zu Weihnachten«, bemerkt Jakub sarkastisch und betont noch einmal, dass niemand von dem Inhalt wissen darf, bevor er nicht seine Zustimmung gegeben hat.

Nachdem Jakub die Bürotür hinter Federkiel zugedrückt hat, setzt er sich an seinen Schreibtisch. Er ist völlig erschöpft. Auf die Tastatur tippt er jetzt nur, um den Computer herunter zu fahren. Inzwischen ist es halb zwei, noch früh, aber er wird nach Hause gehen. Sobald Frau Otto aus der Mittagspause zurück ist, wird er sich bei ihr abmelden. Sie wird übertrieben besorgt um ihn sein und spekulieren, was für einen Virus er sich zugezogen haben mochte. Da muss er durch. Tatsächlich fühlt er sich das erste Mal seit Jahren richtig krank.

Eine Leiche im Keller

Als er die Wohnung betritt, antwortet niemand auf sein übliches, fröhliches *Hallo, ist jemand zu Hause?*, das er sich zwingt durch den Flur zu rufen. Gegen seine lieb gewordene Gewohnheit vermeidet er es, in den Spiegel zu schauen. Stattdessen hängt er gleich seinen Mantel auf. An der Pinnwand im Flur bemerkt er ein *Post It* von Ela mit der Nachricht, dass sie mit den Kindern in der Stadt sei, Schuhe kaufen. Gut. So kann er Zeit gewinnen. Er sieht bestimmt schrecklich mitgenommen aus. Seine Beine sind müde. Er hat Schmerzen im unteren Rücken und spürt einen Druck im Kopf. Am besten, er ruht sich eine Weile aus.

Nachdem er seine Schuhe ausgezogen hat, geht er gleich ins Schlafzimmer, hängt sein Jackett an einen Stuhl und legt sich in Hemd und Hose auf die Türseite des Betts, seine Seite. Wie gut es tut, sich auszustrecken. Seine innere Anspannung hat sich wie immer auch auf seine Muskeln übertragen. Er schließt die Augen, aber vor sein inneres Auge drängen sich nun Ausschnitte aus dem Interview wie Szenen eines Films: was er über seine Freundschaft mit Ela sagte, ihre Entscheidung zu heiraten, seine Studienzeit und — er stöhnt gequält auf — Andrzej. Er hat selbstverständlich ihre Begegnungen und das Drama, das sich zwischen ihnen entwickelte, nicht im Detail geschildert.

Damals befürchtete er immer, alle könnten merken, dass sie mehr als nur Freunde sind. Unter seinen männlichen Kommilitonen gibt es nicht einmal *ein* unzertrennliches Männerpaar, nicht einmal eine enge Freundschaft, deren Anfänge in den Tagen der Kindheit oder Schulzeit liegt und sich dadurch rechtfertigen lässt. Die Männer unter sich gehen entweder nur in Gruppen aus, nach dem Fußball in die Kneipe zum Beispiel, oder mit den Partnerinnen am Wochenende ins Kino. So läuft es darauf hinaus, dass sie, Andrzej und er, sich heimlich an einer abgelegenen Stelle am Ufer der Motlava treffen. Mit seinem alten Fahrrad war er in einer halben Stunde dort. Während er den holprigen Feldweg entlangklappert, sind seine Armmuskeln angespannt, um die Stöße abzufangen. Dort vorne hinter den Haselsträuchern kommt endlich die Abzweigung. Erleichtert biegt er auf den schmalen Pfad ein, der zum Ufer führt und setzt sich ein paar Meter flussabwärts an die Böschung ins Sommergras. Hier ist er durch das dichte Buschwerk hinter seinem Rücken vor Blicken geschützt. Auch auf der gegenüberliegenden Seite türmt sich das Grün von Sträuchern und Bäumen zu einem lebendigen grünen Schutzschild auf. Die Sonnenstrahlen bringen die Farben zum Leuchten und treffen angenehm wärmend auf seine Arme und Beine. Der Himmel ist wolkenlos blau, tief blau. Er ist von Vorfreude erfüllt. Sie hatten sich in der ganzen Prüfungsphase nicht gesehen. Während er wartet und den Blick über die Wasseroberfläche schweifen lässt, sieht er plötzlich etwas, das aussieht wie ein Holzklotz, im Wasser herantreiben. Es ist ein menschlicher Körper. Voller Entsetzen folgt er ihm mit den Augen, während er mit dem Rücken nach oben auf ihn zu geschwemmt wird.

Die schwarzen Locken, nicht ganz schulterlang, wirbeln um den Kopf. Ein grell buntes, weites Hemd plustert sich um ihn herum auf. Wie ein gestrandeter Ballon. Das Hawaiihemd. Andrzejs Markenzeichen. Oh, mein Gott! Es ist Andrzej! Er springt auf und lässt sich in das seichte Wasser des Uferbereichs hinunter. Nach den ersten Schritten sinkt er jedoch schon bis zu den Oberschenkeln ab. Als ihm klar wird, dass er kaum vorankommt, ruft er laut: Annndrzej!!! und streckt die Hände nach ihm aus, aber er kann ihn nicht fassen. Noch nicht. Mühsam macht er einen Schritt vorwärts, dann noch einen, aber Andrzejs Körper treibt an ihm vorbei, unerbittlich weiter und weiter weg. Verzweifelt ruft er ihn ein letztes Mal beim Namen. Dann lässt er seine kalten Hände sinken. Er friert. Jetzt treibt er, Jakub, im Wasser, der Himmel ein trübes monotones Weiß über ihm. Nein, nicht der Himmel, die Decke ihres Schlafzimmers. Wie lange er wohl geschlafen hat? Die Uhr zeigt sechzehn Uhr dreißig. Draußen fängt es schon an zu dämmern. Es war ein Traum. Er hat von Andrzej geträumt. Nach so vielen Jahren.

Bald nach ihrem letzten heimlichen Treffen hatte er ihn aus den Augen verloren. Sie hatten immer wieder gestritten, weil Andrzej eifersüchtig auf Ela war. Er, Jakub, vertraue ihr mehr als ihm. In leidenschaftlichen Ausbrüchen beschuldigte Andrzej ihn unter Tränen sogar, untreu zu sein. Er bezweifelte, dass eine Freundschaft zwischen Mann und Frau möglich sei, ohne romantische Gefühle füreinander. Irgendwann konnte Jakub es nicht mehr ertragen. Sie verbrachten so viel ihrer gemeinsamen Zeit im Streit miteinander. Es kostete ihn zu viel Kraft, Andrzej seine Ängste auszureden. Dazu bedrückte ihn das ständige Versteckspiel. Als er Andrzej sagte, er wolle so nicht mehr weitermachen, nahm er es erstaunlich gefasst, geradezu mit Würde auf. Es war das Ende ihrer Beziehung. Er bekam noch mit, wie Andrzej sein Studium abbrach und eine Ausbildung in der Industrie begann. Er wollte mit seinen Händen arbeiten, etwas Nützliches lernen, sagte er. Jakub fühlte sich schuldig.

Auch jetzt hofft er, dass Andrzej es geschafft hatte, neu anzufangen und dass es ihm gut geht. Das Traumbild von dem im Fluss treibenden Körper steht ihm erneut vor Augen. Er klickt es weg und gibt sich einen Ruck. Kein Wunder, dass er friert, so wie er da liegt, ohne Decke. Er schwingt die Beine über den Bettrand, steht auf und tappt noch etwas benommen in die Küche.

Ela ist ganz besorgt, als sie ihn so sieht. Schon nach ihrer Rückkehr hatte sie ins Schlafzimmer hineingeschaut und ihn schlafend gefunden, was während ihrer Zeit zusammen noch nie vorgekommen ist. Während er sich an den Küchentisch setzt, macht sie ihm einen Tee. Seine Stimme ist jetzt hörbar belegt, und er hat Gliederschmerzen. Er hat sich wohl tatsächlich eine Erkältung zugezogen. Beim Abendessen setzt er sich mit an den Tisch, zieht sich jedoch danach bald schon ins Schlafzimmer zurück. Dieses Mal legt er sich im Schlafanzug ins Bett und schlüpft unter die Decke.

Als Ela sich schließlich zu ihm legt, wacht er auf und schildert die Geschehnisse. Er hat sich schon dafür verwünscht, den Schock vom Freitagmorgen verschwiegen zu haben. Ela nimmt seine Hand, die auf der Bettdecke liegt, in die ihrige. Sie ist erschüttert. Es tut ihr unendlich leid für ihn, dass es jetzt so gekommen ist. Dann beschleicht sie Angst um die Kinder. Gibt es wirklich keine Alternative als das Professorenporträt mit all diesen Informationen über sein Privatleben zu veröffentlichen? Sie würden einen Weg finden müssen.

Ein Geständnis

Am nächsten Morgen fühlt sich Jakub so schwach, dass er sich krank meldet. Seine Stimme ist so belegt, dass Frau Otto ihn kaum versteht. Sie ist sehr besorgt und beginnt, ihm Tipps zu geben. Die Sorte Halsbonbons, die er unbedingt lutschen muss. Sie ist so sehr in ihrem Element, dass ihm nichts übrig bleibt, als sie zu unterbrechen und aufzuhängen. Auf wackligen Beinen geht er wieder ins Bett.

Vom Schlafzimmer aus hört er die Kinder im Gang. Das fröhliche Hin und Her der Stimmen als sie ihre Schuhe, Jacken und Schulranzen anziehen. Ela, wie sie die Kinder auf den Schulweg entlässt. Eine harmonische Welt, der er schon nicht mehr angehört. Den Vormittag über döst er vor sich hin, mal mehr schlafend, mal halb wach, die Gedanken immer um denselben Gegenstand, das Interview und seine Folgen, kreisend.

Plötzlich wird er von einem vertrauten Gedudel aufgeschreckt. Das Telefon klingelt. Es ist Rahul Sabharwal. Er fragt besorgt nach seinem Befinden. Und dann: er müsse dringend mit ihm sprechen. Ob er in einer halben Stunde vorbeikommen dürfe? Jakub spürt wie sein Herz klopft. Am liebsten würde er die Bitte ablehnen, aber er kann es nicht. In einer halben Stunde ist es halb zwölf. Sie würden mehr als genug Zeit haben, bevor Ela und die Kinder kommen. Worüber Rahul wohl mit ihm sprechen möchte? Nachdem, was zwischen ihnen vorgefallen war, hatte sich bei ihren Begegnungen eine neue Förmlichkeit eingespielt, obwohl Jakub sich bemühte, ihr gutes kollegiales Verhältnis wieder herzustellen. Und jetzt durchbricht er alle Schranken und überfällt ihn zu Hause, wo er nicht durch den institutionellen Rahmen geschützt ist, denkt Jakub. Er hat es sich selbst zuzuschreiben. Er hätte auch ablehnen können, aber in Rahuls Stimme war ein panischer Unterton. Jakub holt sich den Morgenmantel aus dem Schrank, den er noch kaum benutzt hat und wickelt sich darin ein. Dann geht er in die Küche. Ela hat eine Thermoskanne mit Kamillentee für ihn auf den Tisch gestellt. Dankbar gießt er sich eine Tasse voll ein und holt sich ein Paracetamol aus dem Medikamentenschränkchen im Bad.

Dann klingelt es. Nachdem er für seinen Besucher die Wohnungstür geöffnet hat, geht er voraus ins Wohnzimmer. Während Rahul sich wortreich entschuldigt und noch einmal die Dringlichkeit eines Gesprächs vorbringt, bietet Jakub ihm wortlos einen Sessel an. Er selbst setzt sich aufs Sofa.

»Ich kann nicht viel sprechen«, krächzt er hervor, »aber ich höre Ihnen zu.«

»Es tut mir leid«, sagt Rahul, der mit geradem Rücken auf der Sesselkante sitzt. »An jenem Freitagnachmittag. Sie wissen schon. Ich wollte Sie zuerst wirklich nur an Ihr Versprechen erinnern, aber dann konnte ich mich einfach nicht mehr zurückhalten.«

»Das verstehe ich«, nickt Jakub.

»Trotzdem war ich es nicht«, fährt Rahul fort. »Ich habe das nicht an Ihre Tür geschrieben.«

»Was genau?« fragt Jakub nach.

»Das *Er ist Gay* an Ihrer Bürotür, von dem alle erzählen. Glauben Sie mir.«

Jakub ist geneigt, ihm zu glauben, denn er kennt offenbar den genauen Wortlaut nicht, und von dem Penis hat er auch nichts gesagt. Er fragt also nicht weiter nach, sondern lässt ihn weiterreden.

»Nach unserem Gespräch an jenem Freitag verlor ich völlig die Kontrolle über mich«, berichtet Rahul. »Ich hatte einen roten Nebel vor den Augen bei allem, was ich tat. Eine Weile wollte ich einfach nur tot sein. Ich wollte keinen Menschen sehen und ging den langen Weg zu meinem WG-Zimmer zu Fuß. Dort stellte ich nur meine Tasche ab. Es trieb mich wieder hinaus, und ich irrte durch die Straßen bis ich keine Kraft mehr hatte. Als ich in die WG zurückkam, begegnete mir ein Mitbewohner, Joachim. Er bemerkte, dass es mir nicht gut ging, und wir redeten eine Weile miteinander. Ich habe ihm aber nichts erzählt. Von *uns*, fügt er hinzu, und schaut Jakub dabei bedeutungsvoll an.«

Jakub senkt den Blick.

»Joachim sagte, er habe sich mit Freunden in einer Kneipe verabredet und ob ich mitwolle«, fährt Rahul fort.

Er, der sonst nie trank, wünschte sich, in einem Strom des Vergessens zu versinken. Er wollte sich gefühllos, bewusstlos trinken.

Während er berichtet, bilden sich Schweißtropfen auf seiner Stirn, und sein Gesicht drückt die wieder belebte Seelenqual aus.

Schließlich kam er in den Armen eines Freundes von Joachim zu sich, erzählt er weiter. Die beiden lachten viel, während sie ihn nach Hause brachten. Sie mussten ihn auf beiden Seiten stützen, ihn die Treppen zur Wohnung hinaufhieven.

»Sie wissen auf jeden Fall, dass ich schwul bin. Sie sind aber gute Menschen. Tolerant gegenüber jeder sexuellen Orientierung. Joachims Freund ist bestimmt auch schwul«, endet Rahul

Jakub hat verstanden, in welche Richtung die Erzählung geht, aber er unterlässt es, Rahul zu drängen.

Dieser endet nun tatsächlich mit der Bemerkung: »Wahrscheinlich habe ich auch von Ihnen erzählt, aber was genau, weiß ich leider nicht mehr.«

»Wie heißt Joachim mit Familiennamen?« fragt Jakub. Das Paracetamol hat inzwischen gewirkt. Sein Kopf scheint wieder besser zu funktionieren.

»Joachim Federkiel. Er ist Germanistikstudent und schreibt für die Studentenzeitung. Aber er war es nicht. Das Graffiti, meine ich. Er hat es mir geschworen.«

»Dann waren Sie seine Quelle. Ich habe ihm gestern ein Interview gegeben. Wussten Sie davon?« fragt er grimmig angesichts der demütigenden Erinnerung.

»Er sagte, dass er Sie für ein Professorenporträt interviewt, dass es um Ihren Lebenslauf als Forscher und Hochschullehrer geht.«

»Ja, das habe ich auch gedacht«, bemerkt Jakub bitter.

»Es tut mir leid«, sagt Rahul reumütig, den Kopf gesenkt.

»Die Schmiererei – das kann ja dann jeder gewesen sein, der Sie in der Kneipe gehört hat«, überlegt Jakub.

»Ja«, gibt Rahul zu, den Kopf immer noch gesenkt.

Jakub steht auf.

»Vielen Dank, dass Sie gekommen sind«, sagt er. »Lassen Sie mich jetzt bitte allein.«

Er begleitet Rahul noch zur Tür und schließt sie erleichtert hinter ihm. Was er erzählt hat, macht Sinn. Er schämte sich sehr für sein Verhalten. Warum hat er es gestanden? Vielleicht bekam er Angst, weil ich plötzlich krank wurde. Armer Rahul.

Belebt durch die neue Sachlage, tappt er durch den Flur zu seinem Arbeitszimmer, fährt den Computer hoch und schreibt eine E-Mail an Joachim Federkiel. Am Donnerstag – er ist sich sicher, dass er bis dahin wieder fit sein wird – soll er zu einem kurzen Gespräch in sein Büro kommen. Dann beauftragt er Frau Otto, je ein Exemplar der letzten beiden Ausgaben der Studentenzeitung zu besorgen und ihm die Professorenporträts zu faxen.

In seinem Posteingang ist auch eine E-Mail von Teresa. Sie möchte gerne ab Mai auf ihrer alten Stelle weiter arbeiten. Sie habe eine realistische Lösung für die Kinderbetreuung gefunden. Noch eine gute Nachricht, denkt Jakub. Dann fährt er den Computer wieder herunter und geht in die Küche. Die Türen lässt er offen, damit er das Faxgerät hören kann. Zum ersten Mal seit Freitag hat er richtig Appetit. Er stellt Brot und Butter, Schinken, Käse und ein gekochtes Ei auf den Küchentisch. Dazu drei Blätter Kopfsalat, damit das Ganze zu einer gesunden Mahlzeit wird. Bevor er sich hinsetzt, schaltet er das Radio ein und hört die mittägliche Nachrichtensendung, während er sich die Brote schmiert und schließlich genussvoll hineinbeißt.

Als er sich zum Abschluss einen Espresso aus der Maschine holt, erklingt das erwartete Piepsen. Er stellt seine Tasse auf den Couchtisch im Wohnzimmer, holt die Professorenportraits und beginnt zu lesen. Er kennt die Kollegen flüchtig aus Senatssitzungen. Nichts scheint ihre Karriere gestört, nichts ihr Leben aufgewühlt zu haben. Oder sie sind besonders geschickt darin, es zu verbergen. Trotzdem beneidet er sie nicht. Ohne seine Erfahrungen wäre er schließlich nicht er selbst. Aber er versteht jetzt, welch guter Fang er für Joachim Federkiel war.

Es ist Donnerstag. Als er von seiner Vorlesung zurück ist, erwartet er Joachim Federkiel. Dieser erscheint tatsächlich pünktlich um zwölf Uhr. Ein gutes Zeichen, denkt Jakub grimmig. Federkiel setzt sich auf den ihm angewiesenen Stuhl in der Besprechungsecke, so dass sie sich wie am Freitag gegenübersitzen. Er nimmt den fertigen Entwurf für das Professorenporträt aus seiner Umhängetasche und reicht ihn Jakub. Dieser beginnt zu lesen.

»Und was meinen Sie dazu?« fragt Joachim Federkiel, als Jakub die Kopien schließlich vor sich auf dem Tisch ablegt.

»Sie geben detailgenau wieder, was ich Ihnen am Freitag erzählte«, sagt Jakub. »Obwohl Sie für den zweiten Teil, mein Bekenntnis sozusagen, das Aufnahmegerät abgeschaltet hatten. Sie haben ein gutes Gedächtnis.«

»Das braucht man für den Job«, gibt Federkiel jovial zurück. »Und wie haben Sie sich entschieden?«

»So wie ich die Sache sehe«, beginnt Jakub, »gibt es keinen Grund dafür, den Teil über meine sexuelle Orientierung und die Verhältnisse in meiner Familie zu veröffentlichen. Sehen Sie«, fährt er fort, indem er Federkiel die anderen Professorenportraits vorlegt. »So ein unspektakuläres Portrait möchte ich auch haben. Die Anekdoten aus meiner Schulzeit und aus den 80er Jahren in Polen dürfen Sie natürlich gerne drin lassen. Das ist schon etwas Besonderes.«

Federkiel ist die Enttäuschung ins Gesicht geschrieben.

»Bitte, tun Sie das nicht! Sie nehmen mir den interessantesten Teil der Geschichte!« protestiert er kläglich.

»Sie sind nicht auf ehrenvolle Weise zu ihrem Material gekommen«, erklärt Jakub. »Ihre Quelle war mein verzweifelter, betrunkener Mitarbeiter, der nicht mehr wusste, was er tat und der es jetzt zutiefst bereut. Und ich stand am Montag unter großem Druck. Ich glaubte, wegen möglicher bösartiger Gerüchte keine andere Wahl zu haben. Sie können das nicht mit gutem Gewissen veröffentlichen. Sie würden die Qualitätskriterien für guten Journalismus schon vor Beginn Ihrer Karriere verletzt haben.«

Federkiel lässt sich nicht so leicht abwimmeln.

»Ich verstehe, dass Sie keinen Wirbel um Ihre Person wünschen«, sagt er, »aber es geht nicht um Sie allein. Mit einem Coming Out könnten Sie Lesben und Schwulen, die ja auch hier in Deutschland mit Diskriminierung kämpfen, neuen Mut geben. So beliebt wie Sie bei den Studierenden Ihrer Fakultät und darüber hinaus sind! Stehen Sie zu Ihrer sexuellen Orientierung! Außerdem, woher wollen Sie wissen, ob sich das Gerücht nicht weiter verbreitet hat? Dann müssten Sie sich doch früher oder später bekennen.«

»Gar nichts muss ich, Herr Federkiel«, sagt Jakub bestimmt. »Ich bestehe darauf, dass Sie diesen Teil des Porträts streichen. Sie haben mich überrumpelt, aber jetzt, nachdem ich in Ruhe darüber nachdenken konnte, ist mir klar, dass ich meiner Familie die Folgen eines Coming Out zum jetzigen Zeitpunkt nicht zumuten will und kann.«

»Schade, aber ich akzeptiere selbstverständlich Ihren Einspruch«, lenkt Federkiel ein. »Ich werde Ihnen das fertige Porträt morgen vorbeibringen. Falls Sie sich doch noch umentscheiden, bin ich jederzeit erreichbar.«

Er zieht den in der Mitte des Tisches liegenden *Post It* Block zu sich und schreibt seinen Namen und seine Telefonnummer auf das oberste Blatt. Jakub ist inzwischen schon aufgestanden, um die Tür für Federkiel zu öffnen. Er ist froh, dass das Gespräch zu Ende ist. Es hat ihn viel Kraft gekostet. Ganz gesund scheint er wohl noch nicht zu sein. Nach der Sitzung am frühen Nachmittag wird er gleich nach Hause gehen.

Wenn die Kinder im Bett waren, hatten sie immer wieder über das Problem seines Professorenportraits gesprochen. Erstaunlicherweise waren Elas anfängliche Befürchtungen mit der Zeit einer heiteren Gelassenheit gewichen.

»Es war klar, dass es irgendwann einmal herauskommen muss«, hatte sie einmal lächelnd gesagt. »Warum also nicht jetzt?«

»Und Anna und Leo?« fragte er verblüfft.

»Sie wissen doch, dass du nicht ihr leiblicher Vater bist, aber sie erleben jeden Tag, was für ein guter Vater du bist und außerdem, dass wir alle als Familie zusammenhalten und zusammengehören.«

Wie um dies zu bekräftigen, hatte sie seine rechte Hand zwischen ihre Hände genommen.

»Ich befürchte trotzdem, dass sie darunter leiden würden«, wandte er ein. »Dass man sie hänselt oder sogar beschimpft und beleidigt. Wenn sie älter wären, könnte man darüber reden.«

»Wir leben jetzt in einer freien, toleranten, pluralistischen Gesellschaft«, gab sie zu bedenken.

Wie kam es, dass sie so vertrauensvoll in die Welt schauen konnte? Sie, die der Achtlosigkeit und den Vorurteilen, der Boshaftigkeit und der Niedertracht der Menschen mehr ausgeliefert gewesen war als er.

In ihrer Zuversicht wirkte sie jünger als sie war. Sie sah gut aus, obwohl sie auch einen anstrengenden Tag gehabt haben musste. Woher nahm sie ihre Energie? Er verspürte Lust, nachzugeben, sich blind von ihrer Intuition führen zu lassen. Aber nach allem, was er erlebt hatte, glaubte er, dass er das Risiko richtig einschätzte, und konnte deshalb nicht anders als den scheinbar bequemeren Weg zu wählen in der Hoffnung, dass sie dann ihre Ruhe haben würden.

Ein neuer Anfang

Teresa liegt wach in ihrem Bett und lauscht auf Alastairs gleichmäßige, ruhige Atemzüge. Morgen ist ihr erster Arbeitstag. Es ist der erste Mittwoch im Mai.

Zum Glück nicht gleich eine volle Woche. Im Nachhinein ist die Zeit so schnell vergangen. Am letzten
Sonntag feierten sie Georgie's ersten Geburtstag im
kleinen Kreis. Ihre Kollegen Fatima und Rahul waren
gekommen und eine Mutter aus der Krabbelgruppe,
mit der sie sich gut versteht, mit ihrem einjährigen
Kind.

Klar, sind sie und Alastair stolze Eltern. Sie lieben
Georgie und staunen über jeden Fortschritt, den er
macht. Man muss aber auch sehr aufpassen, denn in
der Wohnung krabbelt er inzwischen überall hin und
zieht sich nicht nur mehr am Sofa, sondern auch am
Bücherregal und an Küchenschubladen hoch. Sie
mussten alle Dinge, die ihm gefährlich werden können, auf einer höheren Ebene unterbringen.

Um ihn hin und wieder ein bisschen einzuhegen,
haben sie ein Laufgitter im Wohnzimmer auf seiner
Spieldecke aufgestellt. Dort beschäftigt er sich
manchmal lange mit seinen Plastikförmchen, die er
ineinandersteckt und wieder auseinander nimmt.
Wenn ihm das langweilig ist, robbt er zum Gitter,
zieht sich hoch und beginnt, seine Sachen hinauszu-
werfen, bis er nichts mehr hat, um schließlich den
Arm danach auszustrecken, kläglich Da, da! zu rufen,
und sie dabei flehentlich anzuschauen. So macht er
ihr klar, dass er jetzt ihre Aufmerksamkeit braucht.
Da Georgie tagsüber nur noch wenig schläft, ist ein
ganzer Tag mit ihm allein sehr anstrengend.

In den letzten vier Wochen haben sie Georgie langsam mit der Tagesmutter vertraut gemacht und ihn
bei ihr eingewöhnt. Agnes hat selbst zwei Kinder, die

5-jährige Halina und den 3-jährigen Jan. Als sie die Familie kennen lernte, fragte sie sich, ob das überhaupt funktionieren kann, mit zwei eigenen Kindern und mit Georgie als einjährigem Tageskind. Aber inzwischen hat sie großes Vertrauen in Agnes. Jan ist zwar manchmal ein bisschen wild, aber Halina ist wie eine ältere Schwester für Georgie. Nun ist die Familie fast schon ein zweites Zuhause für ihn. So sehr, dass es ein bisschen wehtut. Es ist der Preis für die Chance, die sie bekommen hat, in ihrer beruflichen Laufbahn weiterzukommen. Und sie weiß, dass es die richtige Entscheidung war.

Während sie diese Zeit des Wiedereinstiegs plante, gewann sie an Selbstbewusstsein. Auch die Zweifel ihrer Eltern konnten sie nicht abhalten. Sie fühlte sich stark, aber die Quelle ihrer Kraft war nicht sie selbst allein. Sie denkt an Ela, die sie zu diesem Schritt ermutigte, und den Kontakt zu Agnes herstellte. Sie denkt an ihren Chef Professor Jakub Feldmann, der ihr immer spiegelte, wie sehr er sie als Mitarbeiterin und Wissenschaftlerin schätzte und der sein Versprechen, sie weiter zu fördern, hielt. Und erfüllt von Liebe, Glück und Dankbarkeit denkt sie an Alastair, der ein liebevoller Vater und Partner war, der ihre Pläne voll unterstützt und die Arbeit mit ihr teilen will.

Sie war nicht immer so glücklich gewesen. In diesem Jahr mit Georgie hatte sie sich manchmal sehr allein gefühlt, aber ihre Befürchtung, sie würde als Mutter mit einem Baby vereinsamen, erfüllte sich nicht. Statt dessen begann sich um ihre kleine Familie herum ein Netzwerk zu bilden. Da ist Fatima, die nach einigen Bedenken zuverlässig zu ihr hält. Sie würde Georgies Patin sein. Ihr Kollege Rahul besucht sie regelmäßig, und Georgie hat Vertrauen zu ihm gefasst. Alastair hat ihn als Paten vorgeschlagen. Mit einer der Mütter aus der Krabbelgruppe konnte sie sich austauschen und über Fragen und Probleme sprechen und vor ein paar Wochen hatten zwei Mädchen aus der Nachbarschaft sie angesprochen, ob sie nicht Babysitter bräuchte. Sie kommen jetzt manchmal vorbei, um mit Georgie zu spielen.

Eines Tages würden sie alle diese Leute einladen und alle, die bis dahin hinzugekommen sind, denn sie weiß, dass ein Netzwerk wächst, wenn einmal ein Anfang gemacht ist. Sie würden ein großes Fest feiern. Vielleicht ihre Hochzeit.

FSC
www.fsc.org

MIX

Papier aus ver-
antwortungsvollen
Quellen
Paper from
responsible sources

FSC® C105338